KB264529

이스탄불에서 온 장미 도둑

터키 사진작가 **아리프 아쉬츠**의 서울 산책

이스탄불에서 온 장미 도둑
터키 사진작가 **아리프 아쉬츠**의 서울 산책

초판 1쇄 인쇄일 • 2009년 3월 11일
초판 1쇄 발행일 • 2009년 3월 16일
지은이 • 아리프 아쉬츠
펴낸이 • 김미숙
주 간 • 김용태
기 획 • 이선민
편 집 • 이기홍
디자인 • 박선옥
마케팅 • 진병학
관 리 • 이생글
펴낸곳 • 이마고
121- 840 서울시 마포구 서교동 408-18 5층
전화 (02)337- 5660 | 팩스 (02)337- 5501
E-mail : imagopub@chol.com
www.imagobook.co.kr
출판등록 2001년 8월 31일 제10-2206호
ISBN 978-89-90429-77-3   03800

● 값은 뒤표지에 있습니다.

● 잘못된 책은 바꿔드립니다.

in
Arif
Seoul
터키 사진작가
아리프 아쉬츠의
서울 * 산책
이스탄불에서 온
장미 도둑
아리프 아쉬츠 지음
이마고

한국에 중독된 터키 사진작가,
서울의 일상을 담다

_이혜승

　아리프를 처음 만난 건 2007년 2월이었다. 아니, 2003년이라고 하는 게 더 정확할 것 같다. 그해 나는 알고 지내던 『부산일보』의 기자를 통해 아리프의 책《실크로드의 마지막 카라반》을 만나게 됐다. 기자는 2000년인가, 그 이듬해인가 터키 취재를 하던 중 아리프와 인터뷰를 했고 무게가 3킬로그램쯤 나가는 책을 한국으로 가져왔다. 《카라반》은 한동안 지인의 사무실에 멋지게 꼽혀 있으면서 여러 사람들의 호기심을 자아냈다. 그때 나는 중앙아시아 여행을 계획하고 있던 중이라 《카라반》을 여행 참고서적으로 집어들었고, 책의 마지막 장을 덮을 때는 '별종이네, 한번 만나봐야겠군.' 이라는 생각을 했다. 책을 읽은 후 저자에게 편지를 보내는 묘한 습성 때문에(가끔 그런 일이 있다) 나는 아리프의 이메일을 수소문했다.

　『부산일보』 기자는 정보가 없었다. 나는 인터넷에서 아리프의 이름을 검색했고, 그의 이름이 포함된 몇 군데 사이트에 이메일을 보내서 혹시 아리프의 연락처를 알면 답장을 보내달라고 부탁했다. 며칠 후 네덜란드에서 연락이 왔다. 아리프가

허락할 경우 내게 주소를 알려주겠다는 내용이었다. 개인정보를 중시하는 사람들다웠다. 다시 며칠이 지나자 이번에는 터키에서 메일이 도착했다. 네덜란드와는 분위기가 사뭇 달랐다. 아리프의 집 주소, 집 전화, 휴대폰 번호부터 아리프 컴퓨터에 바이러스가 침입해서 요즘은 메일이 안 될 거라는 친절한 조언까지 포함되어 있었다. 그 메일의 발신자는 아리프의 생일을 비롯해 자주 다니는 카페까지 알려주고 싶었을지도 모르겠다.

어느 날 술자리에서 1시가 넘어 집으로 돌아왔다. 몇 분 전까지 들썩들썩한 분위기와는 다른 깊은 정적. 나는 누군가와 이야기를 나누고 싶었고, 그래서 외국에 있는 친구들에게 전화를 돌리기 시작했다. 인도, 카자흐스탄, 러시아, 크로아티아, 태국, 영국. 이미 한잔한 상태였기 때문에 나와 친한 사람들뿐만 아니라 수첩에 번호가 올라 있는 사람이면 모두가 내 깜짝 통화의 대상이었다. 아리프는 마지막 차례였다. 나는 《카라반》을 읽은 한국 사람이다, 당신 책 마음에 들었다, 얼마 전 시청 앞에서 열린 마이클 야마시타의 실크로드 사진전을 보고 왔는데, 비행기에서 내려찍은 광경보다는 살 냄새 풍기는 당신 사진이 더 인간적이라고 생각했다 등의 말을 늘어놓았다. 내 영어 실력이 이런 의도를 정확하게 전달했을지는 의문이지만, 어쨌든 아리프는 한국에 독자가 있다는 사실을 알게 됐다.

전화 통화를 한 다음 두세 번쯤 메일을 주고받았지만 그것으로 끝이었다. 3년이 지난 2006년 말, 상트페테르부르크에 두어 달쯤 가 있을 일이 있었다. 12월 말 뜬금없이 아리프로부터 메일이 왔다. 당신이 누구인지 모르지만 내 메일 주소에 올라 있기에 메일을 보낸다, 어찌 됐든 새해 복 많이 받아라, 언젠가 인연이 닿으면 우리가 만날지도 모르니까라는 내용이었다. 나는 몇 년쯤 전에 《카라반》을 읽고 전화했던 사람이다, 메일 교환도 서너 번 한 적 있다고 답장을 써서 보냈다. 왕년에 공산주의자였던 그는 내가 러시아에 있다는 말을 듣고 도스토예프스키와 비소츠키의 나라에 있어서 좋겠다, 한번 놀러 오라는 메일을 보냈다. 터키 마니아였던 내게 놀러 오라는 제안이 어떤 마력을 지니고 있는지 알았다면 아리프는 그 초대의 메일을 보낼 때 좀더 고민했을 것이다. 2007년 2월, 러시아 여행을 거의 마칠 무렵 나는 이스탄불 행 비행기를 탔다. 그곳에서 아리프가 평소 자랑해 마지않던 그의 생선 요리를 맛보았고, 매그넘 사진작가들을 만났다. 그때부터 사진작가들과 어울릴 기회가 생겼다.

4월에는 아리프가 한국을 처음으로 방문했다. 8월에는 한터 사진전을 위해 다시 한 번 한국을 찾았고, 2008년 5월에는 이 책의 작업을 하느라 다시 한 번 서울거리를 누비고 다녔다. 같은 해 터키에서 만났던 매그넘 사진작가들 가운데 해리 그뤼에르, 브루노 바비, 핀카소프 그리고 마틴 파를 서울에서 만났다. 당신이 누구인지 모르겠지만 복 많이 받아라. 혹시 우리가 언제 만날지 어떻게 알겠는가. 아리프가 했던 그 말마따나 만남은 예기치 않은 것이다. 사람과의 만남만 그렇겠는가? 아리프도 서울이라는 낯선 도시에 와서 도시의 얼굴과 외모, 그 공간의 혼과 만나게 될 줄 예상이나 했을까?

남대문과 동대문 시장, 여관이 즐비한 신림동의 뒷골목, 무작정 아무 버스나 타고 가 닿은 어느 곳에서 아리프 아쉬츠는 카메라를 꺼내 든다.

남산 타워, 한강 유람선 그리고 63빌딩. 한국인이든 외국인이든 서울을 찾는 관광객들의 필수 코스라는 서울 관광 3종 세트를 아리프 아쉬츠는 한국에 온 지 1년 반이 넘었는데도 아직까지 체험하지 않았다. 경복궁, 창덕궁, 덕수궁, 창경궁, 경희궁 같은 궁궐, 국립중앙박물관, 국립현대미술관, 전쟁기념관 같은 명소 역시 그의 시야에서는 벗어나 있다. (하지만 지난해 8월 출국 일주일 전, 아리프는 국립중앙박물관을 피해가지 못했다. 아리프는 용산문제가 국제 언론을 탄 최근, 작년 용산 재개발 지역에서 찍었던 몇 장의 사진이 영원한 역사가 됐다는 메일을 보내왔다)

에버랜드, 롯데월드, 민속촌, 테마공원, 난타, 하이 서울 페스티벌 등 가이드북에서 제공하는 서울의 볼거리들에도 아리프 아쉬츠는 관심을 보이지 않는다. 관광객들을 위해 잘 정리된 모습보다는 2000만에 가까운 인구가 북적거리며 연출하는 삶의 풍경이 아리프에게는 훨씬 재미있는 모양이다.

아리프는 오뎅 국물 같은 사소한 일상에 눈길을 돌리고, 그 안에서 한국의 맛을 본다. 그는 상에 떨어진 반찬을 손으로 주워 먹고, 김치를 손가락으로 쭉 찢어서 입에 집어넣는다. 나는 최근 아리프가 양재 근방의 그린벨트 지역에서 주인이 있는지 주위를 두리번거린 후 반질반질하게 잘 익은 고추를 훔쳐 먹는 광경을 목격했다. 아리프는 올해 또 다른 못된 버릇을 갖게 됐다. 밤이면 라면을 끓여서 컴퓨터 앞으로 가지고 와서 유튜브 동영상을 보며 라면을 먹는다.

"크~, 이건 신이 내린 음식이야."

국물이 자판기에 튀어 아침이면 말라붙은 고춧가루를 떼어내는 게 내 일상의 하나가 됐다. 술에 취하면 길거리에서 소리 높여 노래를 한다. 한국 사람들에게 고성

방가라는 잊혀진 '미풍양속'이 있었음을 상기시키려는 듯……. 요즘은 동네 슈퍼에서 외상을 하고 다니는 일도 서슴지 않는다. 슈퍼 주인들은 이 사람이 그냥 '먹튀할' 소지가 다분함을 아는지 모르는지.

한국 생활에 뛰어난 적응력을 보이는 아리프에게 연속극 시청은 즐거운 소일거리다. 특히 사극은 지루한 휴일을 보내기에 그리고 한국어를 학습하는 과정에서 큰 비중을 차지한다. '전하' '중전마마' '폐하' 등 사용빈도가 낮은 단어들을 반복한다는 점이 아쉬운 부분이기는 하다. 어쨌든 그는 연속극에서 벌어지는 상황을 잘 이해할 뿐 아니라 2~3초 후에 있을 일을 예견하는 신통력의 소유자기도 하다.

"저 배우는 이혼은 절대 안 된다고 말할 것 같군."

"내 생각에는 조금 후에 수문이 터져 중국 군대가 몰살할 것 같은데……."

심각한 장면에서 아리프가 큰 소리로 연속극 내용을 얘기하기 때문에, 나의 어머니는 아리프와 함께 연속극 보는 것을 싫어하신다. 작년에 한국에서 몇 개월 동안 체류한 후 이스탄불로 되돌아갔을 때, 아리프는 한참 보던 연속극이 어떻게 되가느냐고 몇 번씩 물어보기도 했고, 아리랑TV를 통해서 〈허준〉을 열심히 시청한다고도 했다.

'한국스러운' 것들에 아리프는 묘한 중독성을 보였다. 아줌마가 아리프의 가장 사랑스런 대상이 된 것도 의아한 일은 아니다. 한국에 도착한 첫날부터 아리프는 아줌마들에게 매료되었다. 정확히 말하자면, 아줌마들의 알록달록한 옷과 양산이 그의 눈과 마음을 사로잡았다. 서울시와 관광공사에서 심혈을 기울여 만들어낸 볼거리를 마다하고 아리프가 포토제닉한 1순위로 꼽은 대상은 아줌마들이었다.

"인상주의 화가들의 상상력을 방불케 하는 저 패턴들."

아리프는 탄성을 금치 못한다. 원과 선의 조합으로 이루어지는 단순한 무늬부터 복잡한 기하학적 패턴에 이르기까지 아줌마들의 옷 디자인은 어느 하나도 같은 모양이 없다. 아리프에게 더욱 재미있는 것은 그들과 환경의 기묘한 대화를 엿듣는 일이다. 꽃무늬 옷을 입은 아줌마들이 꽃을 팔면서 꽃 속에 묻힌다. 대나무 그림이 그려진 셔츠를 입은 아저씨가 대나무를 판다. 흰색과 검은색이 교차하는 줄무늬 티셔츠의 아가씨가 신호등 앞에 서 있다. 사람들은 카멜레온처럼 환경의 색깔과 무늬로 '위장' 한다. 서울의 일상은 사람을 거대한 환경의 작은 일부로 묘사하는 오래된 동양화의 철학을 반복하는 것일까?

환경 속에 묻힌 알록달록한 옷들을 통해 서울 사람들을 들여다보는 것처럼 아리프는 도시를 물들인 청잣빛에도 주목한다. 그는 빌딩의 창문과 건축현장의 안전망, 길거리 상점의 파라솔, 도심 곳곳에 드리워진 골프연습장의 망에서 청잣빛의 변형을 읽어낸다. 그 말을 듣고, 외국에 나갈 때마다 도심의 건물이나 아파트 창문 색깔, 건설현장의 안전망이 무슨 색깔인지 유심히 살펴봤다. 한국 사람들이 의식했든 그렇지 않든, 한 도공이 몸을 던져 만들어냈다는 신비한 비취색은 다양한 톤으로 서울을 휘감는다. 하긴 인천공항부터 물빛으로 물들어 있지 않은가.

오만 가지 패턴과 차분한 청잣빛으로 보인 도시 서울은 그에게 또 어떤 공간이었을까? 아리프는 서울이 그가 1년 반 동안 낙타 열 마리를 끌고 걸어서 다녀왔던 실크로드보다 더 힘들다고 볼멘소리를 한다. 실크로드는 그래도 평지였지만, 서울은 길을 건너기 위해서 몇 번씩이나 지하도를 오르락내리락해야 하기 때문이다.

또 길거리에는 마땅히 쉴 만한 벤치도 없다.

"길거리야 사람들 지나다니라고 만든 거 아닌가?"

서울 시민의 순박한 변명에도 불구하고, 그는 서울이 쉬지 않고 일하도록, 걸어다니도록 고안된 도시라고 비판한다. 영어 교육열은 세계 최고 수준이지만 그 활용도는 바닥을 치는 서울 거리에서 아리프의 말상대도 드물다. 최대한 공간을 활용하기 위해 멋대가리 없게 사각으로 지어 올린 현대식 빌딩은 건축가들의 고갈된 상상력을 반증한다면서, 서울역 앞의 대우빌딩을 그 최고봉으로 꼽았다. 우후죽순으로 도시를 장식하는 붉은 십자가와 뚜껑만 교회인 건물들을 볼 때마다 아리프는 종교 건축에 제한이 없는 한국의 현실을 질타한다. 도심 미관은 엉망이지만 외모를 최고의 가치로 여기는 한국인들의 풍조에도 아리프는 곱지 않은 시선을 보낸다.

지난 1년 반 동안 아리프는 찬사와 불평, 호기심과 비판처럼 종류가 다른 양념을 버무려 서울에 관한 글과 사진들을 조리했다. 그동안 낯설기만 했던 서울 생활과 이해하지 못할 현실에 그는 차츰 익숙해졌다. 서울에서 평생을 살지는 못하겠지만 최소한 교통카드의 사용에 능숙하고 길거리 오뎅 맛에도 길든 아리프에게 이곳은 타향이 아니다.

하지만 서울에 관한 글과 사진들을 통해 그가 이곳의 삶에 가까워진 반면, 그의 작업은 서울에서 오랜 세월을 살아온 사람들에게 낯설거나 새롭게 다가올지도 모르겠다. 내 살 같아서 느끼지 못했거나 바빠서 알아차리지 못했거나 의도적으로 눈길을 주지 않아 주변으로 밀려나 있던 소소하고 일상적이고 불편한 삶의 편린들을 불현듯 마주하게 될 테니 말이다.

五山中·高等학교
1km
폴리텍 I 대학
정수캠퍼스

Tourist Information
50M
TOILET
Subway 48M

한국인 무스타파

　네 살 무렵, 한국은 내가 처음으로 듣고, 궁금해했던 외국이었다. 1950년 한국전쟁에 참전했던 이모부 무스타파는 상이군인이 되어 돌아왔고, 한국에 대한 이야기를 자주 들려주었다. 그래서 우리는 이모부에게 한국인이라는 별명을 붙였다. 당시 터키에서는 한국전쟁 참전 용사들을 '코렐리' 곧 한국인이라고 불렀다. 전쟁에서 돌아온 군인들이 운영하는 식당이나 찻집 등은 모두 '코렐리' 라는 간판을 달고 있었다.

　이모 집은 걸어서 30분쯤 떨어진 곳에 있었다. 나는 거의 매일 이모 집에서 사촌들과 함께 시간을 보냈다. 나의 '한국인' 이모부 무스타파는 댐 공사장의

폭파 전문가였는데, 무척 자유분방한 분이었다. 그는 아나톨리아 산에서 재배한 황금빛 타바코를 즐겼다. 일이 없는 휴일에도 이른 아침에 일어나 향이 진한 터키 커피를 마시며 타바코를 연달아 피우곤 했다.

이모 집 안방 벽에는 이모부가 한국에서 찍은 흑백사진 한 장이 액자에 담겨 걸려 있었다. 세 명의 군인들이 어깨동무를 하고 있는 사진이었다. 이모부는 손가락으로 사진을 가리키며 쉰 목소리로 한국에서 겪었던 일들을 자주 이야기했다. 사진 속 군인들의 얼굴은 윤곽이 뚜렷했고 씩씩해 보였다. 하지만 그 배경은 희미했다.

45년이 흐른 지금(나는 58년 개띠다), 나는 한국에 와 있다. 어린 시절 내게 흐릿한 사진 속의 배경으로 남아 있었던 이 나라의 선명한 모습을 보기 위하여……

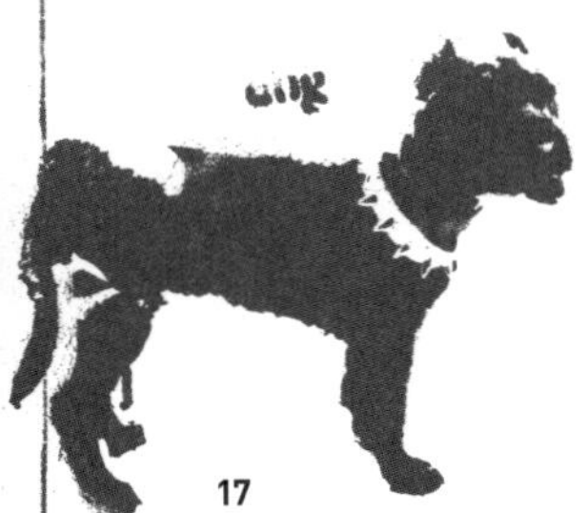

한국은 어디에 있는가?

어릴 때의 그 흐릿한 첫 만남 이후 수십 년이 흐르는 동안 나에게 한국은 여전히 미지의 세계로 남았다. 나는 한국에 대해 배운 적도, 들은 적도 없었으며 특별히 궁금해하지도 않았다.

1975년 나는 미대에 입학했다. 그 당시 터키에는 극우민족주의적 경향이 강했고, 대학에는 파시즘에 저항하는 운동권 학생들이 대다수였다. 나도 그 계열에 속했다. 피카소도, 사르트르도 운동권이었으니까.

운동권 학생들은 비밀리에 금서들을 돌려보곤 했다. 《한국은 어디에 있는가?》라는 책도 그중 하나였다. 이 책은 불법 정치단체였던 터키 공산당 서기가

모스크바에서 쓴 글이었다. 저자는 터키의 한국전쟁 참전을 비판했다. 터키가 나토(NATO, 북대서양 조약기구)에 가입하기 위하여 터키의 젊은이들을 볼모로 삼았고, 결국 파병된 군인 5000명 가운데 1200명이 돌아오지 못했다고. 하지만 이 책은 한국에 대한 것이 아니었다. '한국'이 분명하게 명시된 제목과 달리 본문은 한국에 대한 내용을 담지 않았다.

흐릿한 첫인상과 불분명한 이미지의 한국은 2002년 처음으로 뚜렷하게 그 모습을 드러냈다. 월드컵 경기 때 나는 텔레비전을 통해서 한국인들의 흥분과 열기를 목격했다. 기뻐서 펄쩍펄쩍 뛰는 사람들은 당장이라도 텔레비전 밖으로 나올 것처럼 생생했고 역동적이었다.

T.732-1645
꽃
50 th Anniversary Exhibition of KOREA-TURKEY Frendship
한.터 수교 50주년 기념 gallery NoW 기획전
Arif Asci
Istanbul
2007. 9. 5 (Wed) - 9. 18 (Tue)
Opening Reception 2007 . 9 . 7 (Fri) . pm 6
이스탄불 문화원
(주)토로스
LOView
SK telecom
TURKISH
13, 성지B/D 3F 02 725 2930 www.gallery-now.com galle

우연들

　한국과 관련된 모든 일은 우연으로 시작되었다. 2001년 나는 이스탄불을 방문했던 『부산일보』 기자를 만났다. 그는 1996~97년 내가 다녀왔던 실크로드 원정에 관한 인터뷰를 청했다. 나는 기자에게 "모든 일은 농담 한 마디에서 비롯되었다."라고 시작하는 내 책《실크로드의 마지막 카라반》을 선물했다. 기자는 이 책을 인터넷신문 지오리포트(www.georeport.net)를 운영하는 지인에게 선물했고, 책의 일부분이 지오리포트에 소개되기 시작했다. (그리고 마침내 2008년 한국어판이 완역 · 출간되었다.)

　한국과의 인연은 그것으로 그치지 않았다. 2007년은 한국과 터키의 수교 50주년을 기념하는 해였다. 그해 나는 한국을 처음 방문했다. 내가 몇 년간 작업해왔던 이스탄불 사진 전시회가 서울의 한 갤러리에서 열렸다. 그때도 나는 아직 몰랐다. 한국으로 나를 이끌었던 우연들이 내 사진 세계에 새로운 장을 열줄은.

색 맹

　최근 10년간 나는 흑백사진 작업을 해왔다. 흑백 톤에 익숙해진 나는 스스로를 색맹이라고 생각했다.

　한국에 도착한 첫날 나는 서울 시내로 가는 공항버스를 탔다. 나는 버스 유리창에 얼굴을 가까이 들이대고 바깥 풍경을 바라보았다. 건물은 높았고, 한강은 넓었다. 이스탄불의 보스포루스 해협을 연결하는 다리가 단 두 개뿐인 것과 달리 강의 이편과 저편을 연결하는 다리가 스무 개도 넘었다. 인상적이었다. 미나레트(이슬람교 모스크의 첨탑)로 가득 찬 도시 이스탄불처럼 교회의 십자가가 도시 전역에 흩뿌려져 있었다. 이 도시는 내게 낯설지 않았다.

　하지만 시간이 지날수록 나의 무의식은 무언가 새로운 것을 말하기 시작했다. 여자들 옷의 화려한 문양과 색깔이 두드러져 보였다. 햇빛이 강하지도, 비가 내리지도 않았는데 여자들은 옷만큼이나 화려한 양산을 쓰고 다녔다. 서울은 내가 한 번도 본 적이 없었던 아름다운 청잣빛으로 물들어 있었다. 건물의 유리창, 건설현장을 둘러싸는 그물, 골프연습장, 간판, 표지판, 가로수, 길거리 노점상의 천막 등 청잣빛이나 그와 비슷한 초록색이 녹음의 잔치를 벌이고 있었다.

　나는 10년 만에 처음으로 색깔에 눈을 뜨기 시작했다.

빨 리 빨 리

빨 리 빨 리

컬러 쇼크 외에도 또 하나 놀라운 게 있었다. 스피드 쇼크였다. 한국 특유의 빠른 속도감은 비행기가 착륙한 직후부터 확연히 느껴졌다. 공항에서의 모든 절차는 체계적이었고 빨랐다. 친구는 약속 시간에 맞춰 마중을 나와주었다. 늘씬하고 아름다운 한 아가씨가 긴 머리를 휘날리며 지나가는 것이 보였다. 내 눈이 그 아가씨를 따라가고 있는데, 친구는 공항버스들이 대기하는 정류장으로 나를 잡아끌었다. 한국은 한눈을 팔기에는 모든 일이 너무 빨리 돌아가는 나라였다.

서울 시내에 도착해서 우리는 지하철을 탔다. 서울은 뉴욕과 홍콩, 파리 등 내가 가보았던 어느 대도시와도 달랐다. 지하철은 사람들로 붐볐는데, 보이지 않는 마법의 힘이라도 작용하는지 내리고 타는 과정은 질서가 잡혀 있었고, 그래서 지하철이 더욱 빨리 움직이는 것 같았다.

점심이나 저녁 시간에 가장 분주한 곳은 도심지 식당이었다. 사람들은 빈자리가 생기면 재빨리 자리 잡고 앉아 음식을 주문했다. 음식은 그들을 위해 미리 마련되어 있었던 것인 양 몇 분 사이에 나왔다. 식사를 마친 사람들은 또 어딘가로 질주해갔다. 모든 일들은 잘 계획되어 있었고, 그 사이에 빈틈은 없어 보였다.

길거리에서도 사람들은 빨리 움직였고 멈추지 않았다. 서울에는 고유의 속도감이 있는데 그것은 쉬지 않고 흐른다. 거리를 다니다 어딘가에 앉고 싶어도 마땅히 쉴 곳이 없다. 사진을 찍는 도중에 쉬는 일이 많은 나는 끊임없고 빠른 이 도시의 흐름 속에서 숨이 가빴다. 나는 타임머신을 타고 느릿한 도시 이스탄불에서 서울로 온 것이다.

ON

변이 卍 네

서울, 다시 올지도 모르겠어

사진기를 처음 손에 든 것은 1986년이었다. 그때부터 나는 세계 40여 나라를 돌아다니며 사진을 찍었다. 중국, 홍콩, 대만 등 아시아 국가들은 내가 자주 방문했던 나라들이었다. 내게는 중국인 친구가 몇 명 있어서 함께 식사를 하고 술을 마시며 흥에 취하는 일이 많았다. 하지만 외국 친구들과 만나 함께 노래를 부른 적은 한 번도 없었다.

2007년 6월 서울에서였다. 친구들은 1987년 6월 항쟁의 분위기를 되새기는 의미에서 술자리를 마련했다. 한 식당에서 저녁을 먹은 후 우리는 언제나처럼 2차를 갔고, 다시 3차로 자리를 옮겼다. 그때 옆 테이블에는 30대쯤 되어 보이는 젊은이들이 10여 명 앉아 있었다. 그들은 '아침이슬' 이라는 노래를 불렀다. 내 친구들도 카페에 있는 기타를 치며 노래를 했다. 카페 주인도 어느새 드럼을 치며 합세했다. 그 노래가 끝난 후 발견한 것은 이미 수십 년 전에 잊혀진 터키의 운동권 가요를 부르는 나 자신이었다.

한국인 친구들이나 내가 부른 노래는 멜로디는 달랐지만 가사는 비슷했다. 한국과 터키는 모두 잔인한 독재의 뼈아픈 과거를 경험한 나라였다. 한국인들과 장난처럼 '우리는 형제' 라는 말을 하곤 했지만, 이렇게 비슷한 노래가 있을 줄은 몰랐다.

술잔을 기울일 때마다 카페에 있던 사람들의 온기가 기하급수적으로 높아졌다. 그때 나는 조용히 혼잣말을 되뇌었다.

"서울, 다시 올지도 모르겠어."

　한국에 온 후 며칠 동안 컬러와 감정의 쇼크를 경험한 후 나는 서울 사진을 찍기로 결심했다. 어느 날 아침 나는 카메라에 컬러 필름을 넣었다. 컬러사진을 찍기는 10년 만에 처음이었다. 서울 지도와 지하철 노선도를 주머니에 넣고 다니며 도시를 혼자서 탐험하기 시작했다. 나는 대부분의 시간을 지하철에서 보냈다.

　지하철에서 재미있는 광경을 많이 목격했다. 그중에서도 중년 여성, 그러니까 아줌마들은 그렇지 않아도 빠른 한국 사람들 중에서도 가장 빠른 속도를 보여주었다. 빈자리가 있으면 어디서 나타난 것인지 번개처럼 달려와 "아이구, 죽겠다."라며 긴 한숨을 내쉬면서 자리에 앉았다.

　아줌마들은 햇빛도 없고 비도 내리지 않는데 형형색색의 우산을 쓰고 다녔다. 아줌마들의 옷은 믿을 수 없을 만큼 다양한 패턴을 자랑했다. 피카소나 마티스도 그와 같은 패턴은 상상하기 힘들 것이다. 공원이나 지하철 등에서 한 무리의 아줌마들을 보고 다니는 일은 포비즘(야수파) 전시회보다도 훨씬 더 재미가 있었다. 특히 옷의 문양이 주변 환경과 기가 막히게 어울리는 모습은 무척이나 흥미로웠다. 아줌마들의 옷과 양산, 신발 등의 다채로운 색깔과 디자인은 가슴 떨리는 '첫 경험'이었고 내가 컬러사진을 찍는 데 가장 큰 동기를 부여했다.

　아줌마는 내 인생을 바꿨다.

uts
8000
200

나의 한국어 어휘사전

한국에 대해서 전혀 몰랐던 나는 한글이 중국이나 일본 문자의 변종쯤인 줄로 생각했다. 나중에 알고 보니 한글은 24자모로 이루어진 한국 고유의 알파벳이었다. 속설 가운데 세종대왕이 문의 기하학적 문양을 보고 영감을 얻어 한글을 발명했다는 이야기도 무척 흥미로웠다.

한국으로 오기 전 나는 한국에 대한 정보를 찾아보았다. 터키어와 마찬가지로 한국어도 우랄알타이어에 속한다는 사실을 알 수 있었다. 한국에 왔을 때 한국말 중에 터키 단어와 비슷한 발음이 있는지 귀를 기울였지만 아무 말도 알아들을 수 없었다.

염색 5,000
컷트 3,500
자원봉사
봉사
schwarzkopf

어쨌든 생존을 하기는 해야 했다. 친구들은 생활에 도움이 될 거라면서 몇몇 단어를 가르쳐주었다. 나는 아직도 '만나서 반갑습니다' 라든가 '미안합니다' '맛있게 드세요' 같은 말은 모른다. 하지만 술자리에서만큼은 한국 사람들과 즐겁게 대화하기에 나의 어휘사전은 충분한 것 같다.

여기 나의 한국어 어휘사전이 있다.

· **아줌마** : 옷이 화려하고 지하철에서 자리를 빨리 차지하는 중년 여성들

· **아이구 죽겠다** : 어딘가에 앉을 때 하는 말. 한숨을 길게 내쉬면 더 효과적이다.

· **먹고 죽자** : 건배라는 뜻

· **언니야~** : 술집에서 주문할 때 하는 말

· **맥주, 소주, 백세주, 복분자주, 막걸리** : 내가 좋아하는 각종 술의 명칭

· **죽여라, 죽여라** : 내가 뭔가 실수했을 때 상대에게 머리를 들이대며 하는 말

재떨이와 숏다리

내가 사는 도시 이스탄불에는 길거리 동물들이 많다. 19세기 여행자들은 이스탄불을 '개들의 도시'라고 부르곤 했다. 도시 곳곳에는 셀 수 없이 많은 고양이들이 산다. 내가 찍은 이스탄불 사진을 잘 들여다보면 어딘가에는 반드시 고양이나 개의 흔적이 있다. 나는 서울에서도 개나 고양이가 없는지 주의 깊게 살펴보고 다니지만 그다지 많지 않은 것 같다.

2007년 나는 영등포구청 근처에 살았는데 거기에서 주인 없는 개 한 마리를 알게 됐다. 그 개는 특별했다. 털은 갈색이고 수컷이었는데 꽤나 잘생긴 놈이었다. 무슨 종인지는 정확하게 모르겠지만 포메라니안 계통인 듯했다. 아마도 주인에게 버림을 받은 것 같았다. 그 개는 영등포구청 주변을 계속해서 돌아다녔다. 잃어버린 주인이라도 찾는 걸까?

  나는 친해지려고 노력했지만 그 녀석은 번번이 나를 무시했다. 그 개는 신호등 앞에서 녹색 불이 켜지기를 조용히 기다렸다가 길을 건넜다. 개는 나처럼 우울해 보였고 뭔가를 간절히 찾아다니는 티가 역력했다. 지금은 담배를 끊었지만 그때 당시 나는 연신 줄담배를 피워대던 골초였다. 나는 개에게 이름을 붙여주었다. "재떨이."

  두번째 개 친구는 인사동에서 알게 됐다. 흰색 푸들로, 내가 묵던 호텔 주인의 개였다. 나는 첫눈에 그 개한테 반했지만, 개는(암컷이었다) 역시 첫눈에 나를 미워했다. 개는 다리가 짧았다. 나는 아침마다 마당에서 커피를 한 잔 마시며 개를 불렀다. "숏다리~." 개는 그 말의 뜻을 알아듣는지 내가 숏다리라고 부를 때마다 나를 향해 짖어댔다.

  이것은 진짜 한국 스타일의 애증관계였다.

주바대치
8000
17,000
주바대치
8000

중매쟁이

시간이 지날수록 나는 내 사진 스타일이 달라지는 것을 발견했다. 과거에 나는 사람들의 표정을 사진 속에 담았다. 하지만 이곳 서울 사람들은 내가 카메라를 들이댈 때마다 조용히 얼굴을 돌렸다. 내가 한국말을 모르는 것도, 한국 사람들이 영어를 모르는 것도 이유가 될지 모르겠다. 거리에서 나는 대화 상대를 거의 찾지 못했고, 사람들의 얼굴도 찍을 수가 없었다.

말 한 마디 없이 지내는 시간이 많아졌다. 나는 재미있는 사진의 소재를 찾아 코를 킁킁대고 다녔다. 그러다 눈에 들어온 것이 옷의 무늬였다. 옷의 색깔이나 무늬는 무척이나 다채로웠을 뿐 아니라 주변 환경과도 재미난 조화를 이

49

루었다.

　꽃무늬 옷을 입은 아줌마는 꽃을 팔았다. 반복되는 마름모꼴 무늬의 셔츠를 입은 아저씨는 옷 무늬와 비슷한 보도블록 위에 앉아 있었다. 흰색과 검은색의 줄무늬 티셔츠를 입은 아가씨는 횡단보도 앞에서 녹색불이 켜지길 기다렸다. 주변 환경의 문양은 사람들의 옷 무늬로 되풀이되었다. 사람들은 환경을 흉내 내는 카멜레온 같아 보였다.

　환경이 자아내는 무늬는 끝이 없었다. 인간과 환경의 무늬를 연결하는 일은 흥미로운 게임이었다. 이제는 말을 하지 않아도 하루가 지루하지 않다.

　나는 카메라의 렌즈를 통해 인간과 환경을 연결시키는 중매쟁이가 된다.

전 세계의 한국인들이여, 단결하라!

나는 한국인 친구들한테 남한과 북한의 운명에 대해 묻곤 했다.

"남북한은 지금 마지막으로 분단된 민족이죠. 유감스러운 일입니다. 통일이 된다면 한국은 현재보다 훨씬 강한 나라가 되지 않겠습니까?"

친구들은 대개 통일은 필요하지만 불가능할 것 같다는 반응을 보였다. 몇몇 친구들은 농담으로 대답을 대신하기도 했다.

"한 유대인이 미국으로 건너가서 장사를 시작했답니다. 성공했죠. 그런데 얼마 후 한국인이 그 옆에 자리를 잡았대요. 유대인은 일로는 한국인과 맞짱을 뜨기가 어렵다고 생각하고 스스로 그곳을 떠났대요. 한국인은 열심히 일을 했고 사업은 점점 번창했습니다. 소문을 들은 다른 한국인이 그 옆에 와서 자리를 잡았대요. 그러자 떠났던 유태인이 다시 돌아왔답니다. 한국인들이 치열하게 경쟁한다는 걸 알았기 때문이죠."

단테,《신곡》지옥편

한국에서 몇 개월을 살다보니 반은 한국인이 됐다고 느낄 때가 많다. 그래서 통일에 대한 친구들의 회의적인 시선에도 어느 정도 적응이 됐다. 단테의《신곡》을 패러디한 지옥에 관한 농담을 한국판으로 만들어보기도 했다. (원래 이 농담은 터키 지옥에 관한 것이다. 한국과 터키는 비슷한 데가 많은 것 같다.)

어느 날 단테와 베아트리체 그리고 베르길리우스는 지옥을 둘러보기로 했다. 이들은 각 민족들이 떨어져 있는 구덩이에 도달했다.

첫번째 구덩이에는 셀 수 없이 많은 사람들이 미친 듯이 구덩이 바닥에서 위쪽을 향해 기어 올라오고 있었다. 구덩이 위쪽을 지키는 악마는 정신없이 이쪽 저쪽으로 뛰어다니며 올라오는 사람들을 막대기로 쳐서 아래로 떨어트렸다. 베르길리우스는 단테에게 설명했다. "여기는 이탈리아 구덩이입니다."

그들은 다시 다른 구덩이에 이르렀다. 멀리서 구덩이를 지키는 악마가 맥주를 마시며 한가하게 거닐고 있는 모습이 보였다. 구덩이에서는 한 사람이 참을

성 있게 조금씩조금씩 위쪽을 향해 기어 올라오고, 바닥에서는 많은 사람들이 조용히 그를 지켜보고 있었다. 악마는 그 사람이 거의 구덩이 위쪽으로 올라올 때쯤 막대기로 쳐서 떨어트렸다. "이곳은 독일 구덩이이군요."

　세번째 구덩이를 지키는 악마는 위스키를 마시고 있었다. 단테와 베아트리체, 베르길리우스는 구덩이 안쪽에서 인간 피라미드가 만들어지는 광경을 보았다. 사람들은 아주 체계적으로 바닥에서 위쪽으로 서로의 몸을 이용해 피라미드를 쌓아올렸는데, 마지막 한 사람이 꼭대기에 올라가는 순간 악마는 위스키 잔을 놓고 그 사람의 머리를 가볍게 쳐서 피라미드를 모두 무너뜨렸다. 영국 구덩이였다.

　네번째 구덩이에 도달했을 때 여행자들은 악마를 찾을 수 없었다. 악마는 멀리 떨어진 나무 그늘에 누워 코를 골았고 그 옆에는 빈 막걸리 병이 뒹굴고 있었다. 구덩이 안쪽에서는 수많은 사람들이 기어오르고 있었다. 하지만 누군가 구덩이를 벗어날 때쯤이면 아래에 있는 사람들이 그를 밑으로 잡아당겼다. 이쪽 구덩이에서는 특별히 악마가 할 일이 없었다. "이곳은 한국 구덩이입니다".

저 어때 보여요?

한국에서 느끼는 기쁨 중의 하나는 아가씨들을 구경하는 일이다. 특히 아가 씨들이 화장하는 모습을 보면 시간이 어떻게 흘러가는지도 느끼지 못할 정도다. 아가씨들은 지하철, 버스, 택시, 공원 등 공공장소라도 개의치 않고 틈만나면 화장 도구를 꺼내 메이크업을 하는데, 각종 크림부터 붓, 심지어는 눈썹깎는 칼이 등장하기도 한다. 나는 아가씨들의 민첩하고도 정확한 손놀림에 무척 감동을 받았다.

아름다움에 대한 숭배 사상이 있는 이곳, 한국에서 추종하는 미는 내가 익히알고 있는 미와는 달랐다. 지중해권에서는 거무스레한 피부가 더 아름답고 건

61

강하다고 생각하지만, 한국 사람들은 햇빛을 피하기 위해 많은 노력을 기울인
다. 도자기처럼 투명하고 깨끗한 피부를 지닌 아가씨들이 텔레비전이나 광고
판에 자주 등장한다. 별로 햇빛에 타지 않은 피부인데도 파우더와 파운데이션
으로 피부를 더욱 하얗게 치장한다. 아줌마들은 햇빛을 피하기 위해 양산을 쓰
거나 검고 투명한 캡 모자를 쓰고 다닌다. 얼마 전부터는 철가면을 연상시키는
이중 마스크가 길거리에서 자주 눈에 띈다. 피부를 지키기 위한 노력이 이해
안 가는 것은 아니지만, 가끔씩 공원에서 얼굴을 완전 무장하고 손에 장갑까지
긴 채 씩씩하게 걷는 아줌마들이 무서울 때도 있다.

지하철이나 쇼핑센터, 버스 정류장 혹은 길거리의 건물들에는 거울을 비롯
해서 모습을 비추어볼 수 있는 철판, 유리창들이 많다. 그 앞에는 거의 예외 없
이 자신의 얼굴을 들여다보며 옷매무새나 화장을 고치는 사람들이 있다.

어쩌면 이런 현상은 한국에서 내가 흔히 듣는 질문과 관계가 있는지도 모르
겠다.

"한국을 어떻게 생각하세요? 한국의 인상이 어떠세요?"

그 사람들은 "저 어때 보여요?"라고 묻고 싶은 걸까?

아무튼 최근에는 내게도 새로운 버릇이 생겼다. 이젠 나도 유리창이나 거울
등을 그냥 지나치지 않는다.

e might just try to figure a
to do it himself.
ll this past week, Roy Yonce
been working with Parker
, Jr. of Applied GeoPhysics,
from Salt Lake City making
trical resistivity profiling
poting potential water wells

내 젊은 시절의 아이콘

　나는 한국 사람들을 몇 개의 '범주'로 나눠보곤 한다. 물론 이 구분은 비과학적인, 순전히 개인적인 견해라는 걸 밝혀둔다. 아줌마, 등산객, 아기들 등등. 그중에 하나가 시위대들이다. 나는 시위의 생리에 익숙한 편인데, 내 생각에 한국의 시위는 거의 예술의 경지에 가깝다. 때로는 잊을 수 없는 걸작을 목격하기도 한다.

　나는 대학 시절 운동권이었다. 그것도 열혈 좌익이었다. 우리는 전 세계 좌익의 흐름에 적극적으로 동참했다. 동지들은 아르헨티나, 칠레, 소련, 쿠바 등을 다녀왔다. 그 나라에서도 젊은 사회주의자들이 터키를 방문했다. 우리는 각

국 언어로 운동권 노래를 불렀다. 레퍼토리는 다양하고 풍부했다.

우리 미대 학생들은 시위나 대자보에 쓸 좌익 이미지를 생산했다. 그것은 미술로 하는 운동이었다. 우리는 체 게바라, 팔레스타인의 아름다운 레일라 카흐레드, 파리의 60년대 바리케이드, 이란혁명의 이미지를 판화 등의 스타일로 만들었다. 내가 기억하는 거의 마지막 좌익의 이미지는 1980년대 피를 흘리고 죽어가는 한국의 젊은이 이한열과 그를 부축하는 친구의 모습이었다. 우리 운동권 학생들에게 이한열의 이미지는 가슴 깊게 박혀 있었다.

2007년 한국에 온 지 며칠 안 됐을 때 나는 신문에서 내 젊은 시절의 아이콘

이었던 이한열의 모습을 발견했다. 1987년 6월 민주항쟁이 있은 지 20주년이 되는 해라서 그 이미지가 자주 보였다. 나는 시간 터널을 지나 세상을 바꾸겠다는 혈기에 넘쳤던 젊은이로 되돌아가는 느낌을 받았다.

많은 시간이 흘렀다. 사회주의는 무너졌고, 우리의 꿈은 물거품처럼 사라졌다. 세상은 변했지만 우리는 침묵하는 방관자로 남았다.

1977년 이스탄불에서 77명의 희생자를 냈던 5월 1일 이후 나는 시위에 직접적으로 참가하지 않았다. 30년이 지난 지금, 나는 거의 매일 촛불을 든 시위대들의 예술과도 같은 '공연'을 보기 위해 시청으로 가는 2호선을 탄다.

채식주의자 vs 육식주의자

시위 구경은 무척 재미났다. 나와 동행한 친구들은 시위의 경위에 대해 자세히 설명해주었고, 나는 나름대로 그 현장을 사진에 담았다. 6월 10일 나는 혼자서 서울광장을 찾았다. 사람들이 서서히 모여드는 즈음, 나는 광장에 앉아 커피를 한 잔 마시고 있었다. 그때 65세쯤 되어 보이고 옷차림이 말끔한 아저씨 한 분이 내 곁에 자리를 잡았다. 나는 시위에 대해 그에게 물어보았다. 그는 젊은 사람들을 가리키며,

"저 사람들, 시위 끝나면 다들 쇠고기 먹으러 몰려갈 걸."

흠……

광장에 모인 사람들의 평균 연령은 70세쯤 되어 보였다. 나이가 지긋하고 옆에 총을 찬 퇴역 군인들이 인상을 쓰고 광장을 둘러보았다. 군인들이 주변에 있었다. 나는 이 사람들이 미국 쇠고기를 먹지 않기 위해 군대까지 투입할 거라고 생각했다. 하지만 광장에서는 스탈린 시대 붉은 군대의 행진곡처럼 선동적인 곡이 흘러나왔다. 이런 음악을 연주하거나 들으려면 고기를 먹고 힘을 내야 할 것만 같았다.

그때 왼쪽에서 한 젊은이가 내게 다가왔다. 그는 광장에 모인 사람들이 보수주의자라고 했다. 민간인들이 총을 가지고 다니는 건 불법인데, 저 사람들은

총으로 사람들을 겁준다고도 했다.

"총 든 저 퇴역 군인 사진 찍어서 당신네 뉴스에 실으세요."라고 그는 말했다.

나는 또 한 번 '흠'이라고만 말했다.

시간이 지나자 경찰들이 나이 많은 사람들과 젊은 사람들을 갈라놨다. 그들은 경찰의 경계선을 사이에 두고 말싸움을 벌였고, 가끔은 허공에 주먹질을 날리기도 했다. 나는 한국말을 몰라서 포스터를 보고 무슨 일인지 이해하려고 애썼다. 나는 노인들이 쇠고기를 반대해서 군부대까지 투입하려 한다고 생각했는데, 놀랍게도 젊은이들이 회화화된 미친 소 그림을 들고 다녔다. 노인들은 태극기와 성조기를 함께 들고 다녔다.

'흠…… 한창 에너지가 필요한 젊은이들은 쇠고기를 먹지 말자고 하고, 콜레스테롤 걱정을 해야 할 노인들은 쇠고기가 괜찮다고 하고……'

한국의 시위는 정말 재미있다.

기계와 세대 차이

한국은 내게 이국적인 나라였다. 모든 일들이 신기했고 흥미로웠다. 하지만 못마땅한 측면도 없지 않았다. 특히 나는 젊은 사람들을 곱지 않은 시선으로 바라봤다. 내가 기계와 친하지 않아서 더욱 이런 생각이 들었는지 모른다. 젊은 사람들은 어디에서건 휴대폰으로 통화하는 데 여념이 없었다. 게다가 대부분이 MP3를 귀에 꽂고 다녔다. 왜 옆에 있는 사람들과 이야기하지 않는 걸까. 또 거리에는 청년들보다 아가씨들이 훨씬 많았는데, 친구한테 그 이유를 물어보니 "다들 컴퓨터 게임하느라 바쁜 모양이지." 했다.

하루는 종묘에 갔는데, 종묘 앞 공원은 노인들로 가득했다. 바둑이나 장기,

윷놀이를 하는 분들도 있었지만 대개는 혼자였고 우울해 보였다. 나는 그들을 가리키며 친구에게 말했다.

"이 노인들이 몸 바쳐 적과 싸우며 한국을 전쟁에서 구했어. 하루에 15시간씩 일하고 산에서 나물 캐다 먹으며 자식들을 가르치느라 고생을 하셨지. 하지만 요즘 젊은이들은 옛날을 너무 빨리 잊어. 이들은 각종 기계들로 치장하면서 노인들을 외롭게 내버려둬. 이 기계들이 신세대와 구세대를 갈라놓는다니까. 저기 저 할아버지를 봐, 얼마나 쓸쓸해 보이는지."

나는 정자에 앉아 있는 한 노인을 가리켰다. 그 노인은 내 시선을 느꼈는지 가까이 오라고 손짓을 했다. 할아버지는 80세에 가까웠는데 영어가 유창했다.

"매일, 여기 이렇게 혼자 와 있어요. 아무도 얘기할 사람이 없으니……."

나는 조금 전 친구에게 한 말의 증거를 찾았다고 생각했다. 그때 할아버지는 가방에서 작은 물건을 꺼냈다.

"난 항상 이걸 갖고 다녀요."

"그게 뭡니까, 어르신?"

"아니, 이걸 모른단 말이오? 최근에 나온 PDA를 새로 구입했지. 나는 전 세계에서 실시간으로 업데이트되는 뉴스를 늘 읽어요. 여기 있는 노인들은 당최 나랑 말이 안 통해. 최신 기계가 내 가장 친한 친구랄까."

할아버지는 과학기술대학의 교수였다고 했다. 앞서 기계가 세대를 갈라놓는다고 했는데, 꼭 틀린 말은 아니다. 할아버지와 나 사이에는 내가 모르는 PDA라는 기계가 있었다.

장미 도둑의 고백

나는 지금까지 살아오면서 도둑질을 한 적이 없다. 아니, 솔직히 말하자면 전혀 없는 것은 아니다. 고등학생이었을 때 나는 친구들과 함께 값나가는 책을 훔치곤 했다. 책을 훔치는 기술도 나날이 세련되어갔다. 크고 오래된 사전의 안쪽을 칼로 도려낸 후 책방에서 작은 책을 그 사이에 숨겨 가지고 나오는 기술이 그중 하나였다. 책방 주인에게 들키지 않도록 우리는 값싼 잡지를 사가지고 나오는 센스도 잊지 않았다. 혹시나 잡혔을 경우를 대비해 변명거리도 미리 준비했다.

"우리는 민족의 미래를 위해 공부하는 학생입니다. 죄가 있다면 오로지 가난하다는 것뿐입니다!"

1988년 홍콩에서 6개월 동안 살았을 때도 도둑질을 한 적이 있다. 한 슈퍼마켓에서 치즈를 훔쳤다. 치즈는 비쌌지만, 나는 가난했다.

작년 서울에서 도둑질이라는 나의 오랜 습성이 깨어났다. 하루 종일 사진을 찍고 숙소가 있던 영등포구청 쪽으로 돌아갈 때쯤 나는 근처의 장미를 꺾어 친구에게 가져다주었다. 거의 매일 장미를 훔친 결과 나는 서울 각 지역의 장미의 특성에 대해서도 두루 꿸 수 있게 되었다. 예를 들어 홍대 근처의 장미는 작고 오래 가는데 향기는 거의 없다. 영등포구청의 장미는 무척 예뻤다. 약간 진

한 색이지만 향기는 중간 수준이다. 신림 근처의 장미는 향기는 진하지만 빨리 지는 게 흠이다. 인사동 근처의 장미는 종류가 다양했는데, 보는 눈들이 많아서 자주 훔치지는 못했다. 가장 아름다운 장미는 신림동 근처에서 발견했다. 하지만 아직 시도하지는 않았다. 바로 옆집이기 때문이다

내 친구는 내가 훔쳐온 장미를 무척 좋아한다. 하지만 내가 장미를 꺾는 장면을 목격할 때마다 나를 모른 척하며 저 멀리 떨어져 갔다. 최근에는 카메라가 설치된 곳이 많아서 들킬 가능성이 점점 높아져 간다.

나는 이 책을 통하여 나의 도둑질을 고백한다. 왜냐하면 책이 나올 때쯤이면 나는 이미 이스탄불에서 편안히 터키 장미를 훔치고 있을 것이기 때문이다. 하지만 한국 경찰이 인터폴을 통해 나를 잡으려 한다면 나는 스스로를 변호할 준비가 돼 있다.

"저는 한터친선협회 회원입니다. 2007년에는 한터 수교 50주년 기념전을 서울에서 열기도 했습니다. 수익금의 10퍼센트를 한터협회에 기증하기도 했어요."

그래도 장미 주인들이 화를 풀지 않는다면, 나는 터키에서 색색깔의 많은 장미를 훔쳐와 용서를 구할 것이다.

맛있는 아기들

한국에서 가장 예쁜 건 아기들이다. 나는 길거리에서 아기들을 볼 때마다 눈을 떼지 못한다. 나는 그들을 '터키의 로쿰' 즉 터키의 과자라고 부른다. 나는 아기들을 몇 그룹으로 분류했다. '6개월 이하' '6개월에서 1년 사이' '1년 이상.'

'6개월 이하'는 물론 예쁘지만 아직 어려 아무리 내가 관심을 끌려 해도 별다른 관심을 보이지 않는다.

'6개월에서 1년 사이'는 가장 이상적이다. 즉 가장 '맛있는' 부류다. 이 아이들은 냄새가 좋다. 나는 아기들을 보면 만지고 싶어진다. 대부분의 엄마들은 내가 아이를 만지려 하면 호의적인 반응을 보이면서 "아저씨한테 인사해봐."라고 말한다.

'1년 이상'은 좀 '많이 익은' 부류에 속한다. 여자아이들이라면 아직도 괜찮

지만 이맘때쯤 사내아이들은 '맛이 없어' 지기 시작한다.

아기들은 대개 눈이 마주치면 내가 외국인이라는 사실을 눈치 채고 나를 뚫어지게 쳐다본다. 어떤 아기들은 웃고 또 어떤 아이들은 단순히 무시한다. 낯을 많이 가리는 아이들은 내가 웃기려고 손짓을 하거나 눈을 깜짝일 때 오히려 큰 소리로 울음보를 터트린다. 내 광대 짓이 통하든 그렇지 않든, 나는 아기들이 보이는 모든 반응을 사랑한다.

내 형수는 딸을 안고는 '아이고 내 귀여운 달걀 반숙' 이라고 부르곤 했다. 형수는 한국 아기들을 어떻게 부를까?

2007년은 황금돼지해라서 아이들이 특히 많이 태어났다는 얘기를 친구에게서 들었다. 한국이 세계에서 출생률이 가장 낮은 나라라는 통계를 믿기 어려웠다. 터키에서는 엄마들이 아이를 잘 데리고 나오지 않는데, 한국의 길거리는 유모차를 탄 '맛있게' 보이는 아이들로 가득 차 있었다. 나는 아이들을 볼 때마다 '먹기' 때문에 배가 부르다. 한국에서 내 배가 나오는 것은 아마 그 때문인지도 모르겠다.

내가 한국 사람들을 분류하는 범주도 이제는 꽤 늘어나 열 개나 된다. 시위자, 등산객, 퀵서비스, 아줌마, 아저씨, 핸드폰 중독자, MP3 사용자, 기독교 전도자, 패배자. 그리고 나머지 한 부류가 '맛있는 아기들' 이다.

I remember back in the day

항상 비행해도!

호떡의 뜨거운 추억

길거리 문화야말로 한 나라의 문명 발전 수준을 가늠하는 척도라고 생각한다. 서울에서 인상적인 것 중 하나가 생생한 길거리 문화다. 음식 장수, 점쟁이, 기념품 장수, 갖가지 음료수 장수 등 종류도 색깔도 컬러풀하다.

1986년 이후 나는 아시아 국가들을 오랫동안 여행한 경험이 있다. 그래서 길거리 음식에는 익숙한 편이다. 터키에서도 가끔씩 길거리 음식을 사먹는다. 외국에 와 있으면 이따금 이스탄불의 강가에서 바로 튀겨 만든 생선 샌드위치의 맛이 궁금해지곤 한다.

서울에서 처음 맛본 음식은 오뎅이었다. 시간이 갈수록 나는 오뎅보다 국물을 더 좋아하게 됐다. 으슬으슬한 날씨에 마시는 오뎅 국물은 거의 예술이다. 동그랗고 달콤한 찹쌀 도넛도 내 입맛에 잘 맞는다. 계란부침에 설탕과 케첩을 뿌린 샌드위치는 이상해 보이지만 맛은 괜찮다. 닭꼬치도 자주 먹는 품목 중 하나다. 하지만 김밥은 그저 그랬다. 인사동에서 먹었던 꿀타래도 먹기보다는 보기에 좋았다. 떡은 맛도 만드는 과정도 만족스러운 음식이다. 내가 가장 좋아하는 음식은 부침개다. 여기에 막걸리를 한잔 걸치면 피로가 싹 가신다. 내 생각에 전 세계의 길거리 음식들은 연합해서 패스트푸드와 전쟁을 벌여야 한다.

하지만 길거리 음식에 대한 쓰디쓴 추억도 있으니, 작년 인사동에서였다. 설탕과 땅콩을 반죽에 넣고 납작한 철판으로 눌러 튀기는 호떡은 맛있어 보였다. 아주머니가 호떡을 종이에 싸서 주었다. 호떡을 한 입 깨무는 순간 악! 겉은 약간 따뜻한 정도였는데 설탕이 녹은 속은 어찌나 뜨거운지 나는 양 입술을 심하게 데고 말았다. 입술에 물집이 생겨 일주일 동안 연고를 바르고 다녔다. 그 이후 나는 호떡을 멀리했다. 마치 금방이라도 나를 물어뜯을 것 같은 사나운 개라도 되는 양.

올해 나는 동대문에서 또 다른 호떡장수를 보았다. 아주머니는 두 종류의 호떡을 만들었다. 하나는 기름에 튀긴 거고 다른 하나는 그냥 구운 것이었다. 나는 잠시 헷갈렸다. 어떤 호떡이 뜨거웠던 거지? 나는 기름기가 없는 호떡을 맛보기로 했다. 겉은 거의 차가웠다. 나는 긴장을 풀었다. 하지만 나는 다시 한 번 뜨거운 맛을 봐야 했다. 한 입 깨무는 순간 호떡은 내 입술을 뜨겁게 깨물었다. 나는 전과 마찬가지로 일주일째 입술에 연고를 바르고 다닌다.

카르푸 vs 이마트, 맥도날드 vs 롯데리아

외국 음식이나 외국 문화를 수용하는 태도는 한 사회 구성원들의 성향에 대해 많은 것을 설명해준다. 러시아가 서구사회에 문호를 개방한 직후 많은 러시아인들이 맥도날드로 질주해갔다. 맥도날드의 분위기가 신선해서이기도 하겠지만 러시아에는 달리 먹을 게 많지 않았기 때문이라고 생각한다. 실제로 3개월 전쯤 나는 전시를 위해 모스크바를 방문했다. 점심시간에 가장 많이 먹었던 음식이 이탈리아 피자와 터키 맥주 에페스였다. 보드카를 먹기에는 너무 이른 시간인데다 특별히 대안이 없었기 때문이다.

몇 년 전 나는 베이징 천안문 광장에 있는 맥도날드 앞에 사람들이 마오쩌둥의 무덤까지 긴 줄을 늘어서 있는 광경을 목격했다. 그 상황을 묘사할 적절한 중국 욕을 모르는 게 무척 애석했다. 천안문 광장 근처 좁은 골목들은 길거리 음식으로 가득하다. 그중 깨를 뿌린 참새구이는 다른 데서 먹어보지 못한 색다른 음식이었다. 또 중국 만두의 맛이란……. 게다가 이들 음식은 맥도날드의 햄버거보다 10배는 싸다. 이해가 안 가는 것은 아니다. 맥도날드는 컬러풀한 플라스틱 의자와 대중가요를 제공한다. 마치 천안문 광장의 전통적 규율에 저항하는 듯. 러시아나 중국과 비슷한 상황이 한국에서도 벌어진다. 다만 완전히 반대로.

카르푸가 한국에서 망했다는 얘기를 들었을 때 나는 의아했다. 게다가 한국 맥도날드는 전 세계 다른 나라와 달리 매출 실적이 부진하다고 한다. 카르푸를 밀어낸 것이 카르푸와 비슷한 한국 스타일의 이마트고, 맥도날드와 마찬가지로 패스트푸드 식당인 롯데리아가 시장을 선점한다니. 한국은 국제적인 것일까, 아니면 토속적인 것일까?

먹고 죽자!

　길거리 음식은 한 나라의 문명을 가늠하는 척도라고 했지만, 술은 음식 이상으로 중요한 문명의 잣대다. 나는 여행지마다의 독특한 술을 마시기를 즐긴다. 중국에서는 뱀술을 제외하고 여러 종류의 술을 맛봤다. 한국 술을 모두 맛본 것은 아니다. 인삼주도 아직 못 마셔본 술 중 하나다. 어쨌든 나는 한국 술이 꽤 마음에 든다.

　한국에서의 첫사랑은 복분자주다. 나는 복분자주에 얽힌 이야기도 좋아한다. 복분자주가 목구멍을 타고 넘어가는 순간 나는 느낀다. 이 술의 힘은 에로틱함에 있다는 것을. 하지만 복분자라는 발음은 어려워서 나는 내 나름대로 이

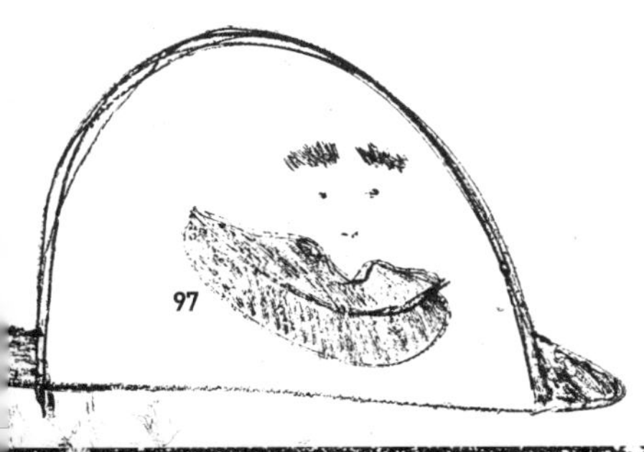

97

름을 붙였다. '뻠삐릭' 이라고.

백세주는 내가 두번째로 좋아했던 술이다. 어떤 면에서는 첩 같다고나 할까. 무슬림들은 아내를 넷까지 둘 수 있다. 하지만 술은 마시지 않는다. 알라 덕분에 나는 무신론자다. 그래서 백세주를 첩으로 두는 호사를 누린다. (오, 알라여, 제가 사진을 찍지 않는다면 항상 술에 취해 글을 쓰고 있을 것입니다.)

나는 백세주가 무척 마음에 들었다. 터키로 돌아갈 때는 몇 병 사서 친구들에게 선물하기도 했다. 술을 다 마신 후 우리는 백세주 병 뒷면에서 백세주에 얽힌 재미있는 이야기도 읽었다.

소주는 그저 그렇다. 화학주 느낌은 내게 낯설다. 최근 좋아하게 된 술은 막걸리다. 어떤 식당 앞에서 나는 한 농부가 나무 아래 누워 낮잠을 자는 그림을 보았다. 웃옷을 반쯤 풀어 헤쳐 배꼽이 들여다보이고 그 옆에는 막걸리 병이 널브러져 있는 그림이었다. 그때 나는 무릎을 치며 말했다. "바로 이거야. 인생의 말년은 이렇게 보내야지."

술 문화는 중요하다. 두꺼운 책으로 써낼 가치가 있다. 한국에서 내가 가장 좋아하는 순간은 상대방이 한 손을 다른 손 아래에 대고 술을 따를 때다. (옛날 옷이 길었을 때 옷자락이 술잔에 닿지 않도록 하는 데서 나왔던 습관이라고 한다.) 나 역시 거추장스러운 옷자락은 없지만 상대가 하는 것과 똑같은 동작으로 술을 따른다. 지난 25년간 40여 나라를 여행했지만 한국에서 상대의 술잔을 채우는 동작은 내가 목격했던 가장 의미 있는 제스처다.

가슴 아픈 과거

　　한국에 오기 전에 나는 한국에 관한 사전조사를 했다. 한국영화, 도자기, 음식 그리고 나의 '한국인' 이모부 무스타파와 관련된 한국전쟁과 북한의 실상 등등.

　　하지만 나는 중요한 핵심을 놓친 것 같다. 그것은 한국과 일본의 미묘한 관계다. 언젠가 나는 〈메리 크리스마스, 미스터 로렌스〉라는 영화를 보았다. 오시마 나기사 감독, 데이비드 보위 주연의 작품이다. 영화는 필리핀에 있던 전쟁포로수용소를 배경으로 했다. 제2차 세계대전 중 일본의 군국주의가 동남아시아에서 행한 잔인한 행적을 다룬 작품이었다. 일본의 강제점령기에 한국에

서는 무슨 일이 있었을까?

　한 한국 친구는 원자폭탄이 히로시마에 떨어졌을 때 서울에서 시위를 하던 한국인들이 더 떨어뜨리라고 함성을 질렀다는 얘기를 해줬다. 그때 나는 아주 특별한 나라에 와 있다는 사실을 알게 됐다. 내가 듣고 만나고 보고 알게 된 모든 사람과 역사와 말들, 일어나는 일들을 좀더 민감하게 받아들여야 한다는 사실을, 그리고 정치적으로 올바른 판단을 하기 위해서는 옆으로 살짝 물러나 있어야 한다는 사실을 깨달았다.

　한국 사람들은 35년간의 강제점령 이후 일본이 충분히 사과하지 않았다고 했다. 오천 년의 위대한 역사를 가진 한국은 농업국가였지만 자존심이 강한 사회였다. 일본의 잔인한 군국주의 통치가 안긴 상처를 잊을 수 없었다. 나는 아직도 이와 같은 아픈 과거가 끝나지 않은 채 대기 중에 떠다니고 있다는 느낌을 받았다.

　도덕적으로, 심리적으로 일본으로부터 받은 상흔이 여전히 남아 있는 한국이 전후 사회의 성장 모델로 일본을 선택했다는 사실은 아이러니했다. 또 하나. 일제 강점기를 전혀 경험하지 못했을 젊은이들이 한편으로는 일본문화를 적극적으로 받아들이면서도 다른 한편으로는 일본에 대해 강한 혐오감을 여전히 갖고 있는 듯해 의아했다. 오랜 반일 감정은 세대에서 세대로 유전되는 것일까?

　주제넘지만 한국 사람들은 자기들 문제로 너무 바쁜 것 같다. 하지만 이 세상에는 한국 말고도 많은 나라들이 있다. 한국은 국제사회 공동체에서 대단히 중요한 역할을 해야 하는 구성원이다. 전 세계적으로 왕래가 잦아지고 활발히 커뮤니케이션할 수 있는 시대가 왔다. 유럽인들은 5천만 명의 희생을 치렀던

두 차례 세계대전의 상처를 극복했다. 나는 전 세계가 한국의 아픔을 자신의 것으로 받아들일 수 있기를, 그리고 한국이 전 세계에서 일어나는 문제를 자신의 것으로 수용할 수 있기를 바란다.

주식회사 대한민국

"좋은 소식과 나쁜 소식이 있는데 어떤 걸 먼저 들을래?"

"나쁜 걸 먼저 듣지. 끝이 좋은 게 좋으니까."

영화에서 흔히 보게 되는 장면이다. 한국에 대한 나의 감정은 대체로 긍정적이고 호의적이지만 쓴소리도 한 마디 해야 할 것 같다.

작년에 나는 대학에서 특강을 두 번 했다. 한 번은 이스탄불, 다른 한 번은 실크로드에 관한 강의였다. 강의를 마치고 난 후 나는 질문과 응답이 오가는 흥미로운 시간을 기대했다. 터키에서는 질문과 응답 시간이 강의 자체보다 길 때가 많다. 하지만 한국에서는 질문이 없었다.

사소한 일들은 때로 큰 의미가 있다. 실크로드 강의를 하기 전에 한 교수님이 나를 소개했다. 그때 내 친구의 얼굴이 붉으락푸르락했다. 나중에 왜 그랬냐고 물어보니, 그 교수님이 터키를 좋은 무역 상대이며 경제적 잠재력이 풍부한 나라라고 묘사했다고 털어놓았다.

내가 보는 실크로드는 2천 년 동안 인간의 역사를 바꿔놓은 대사건이었다. 종교, 이데올로기, 관습, 예술, 과학적 발견, 종이, 인쇄술 등이 동에서 서로, 서에서 동으로 전해졌다. 실크로드는 서구사회에 급진적 변화를 가져왔다. 중국의 화약은 봉건사회를 무너뜨렸고, 종이와 인쇄술은 르네상스의 문을 열었다. 경제적 목적의 무역은 결론적으로 아주 작은 비중을 차지했다. 나는 왜 학생들이 별다른 질문을 하지 않았는지 알 것 같았다. 교수님의 소개와 내 강의는 방향이 달랐다.

나는 2008년 새롭게 취임한 한국의 대통령이 대한민국을 주식회사로 묘사하고 자신을 CEO라고 칭했다는 기사를 읽었다. 그는 해외 순방에서 실용주의와 세일즈 외교를 강조했다. 한국 사람들에게 외국은 한국 물건을 사는 고객이며 물건을 많이 사주는 나라가 친구인 것일까? 나는 터키와 한국이 '형제의 나라' 라는 말을 자주 들었다. 만약 터키가 한국으로부터 수입을 많이 하기 때문에 형제의 나라라면 기분이 아주 좋지는 않을 것 같다.

Made in Korea

2007년에 나는 3개의 다른 호텔에 머물렀다. 내 방은 작았지만 텔레비전이 있었다. 저녁때 사진을 찍고 돌아온 후 나는 텔레비전을 틀어놓고 카스 맥주를 마시며 하루의 피곤을 풀었다. 한국 드라마를 보며 뜻도 모르는 한국말을 따라 하기도 하고, 뉴스를 보면서 세상 돌아가는 일을 따라잡고자 했다.

여름에 두 달, 가을에 두 달 체류하면서 내가 알게 된 소식은 크게 두 가지였다. 여름에는 한 기업인의 폭행사건이 뉴스의 주요 면을 장식했다. '아무리 권력이 있다 하더라도 기업 사장이 함부로 주먹을 휘두르면 안 되지.' 하고 나는 생각했다. 하지만 일주일이 가고 한 달이 지나도 그 기업인은 텔레비전 화면의 주인공이었다. 달라진 것은 폭행사건의 발단이 절정으로 그리고 결말로 치닫고 있다는 정도였다.

가을에는 가짜 박사학위 사건으로 온 나라가 떠들썩했다. 사건의 장본인인 여자를 보면서 대학사회에 뇌물이 통용되는 현실이 안타깝기도 했지만, 모든 사람들이 다 그녀의 말을 믿고 실력을 인정했으니 학위가 무슨 소용일까 하는 생각도 들었다. 어쨌든 뉴스는 가짜 학위 사건의 여주인공이 자신의 결백을 주장하며 외국으로 도피했지만 결국은 청와대의 한 나이 많은 실력자와 연인 관계였다는 사실을 들추어냈다. 요즘 리얼리티 프로그램이 인기지만 가끔은 뉴스보다 더한 영화가 어디 있을까 싶은 생각도 든다. 세계 10위의 경제대국, 4700만의 인구를 가진 이 나라는 마치 한 여학생의 치마 밑에 숨겨놓은 컨닝 페이퍼를 찾아내기에 바쁜 것 같았다.

그 당시 중동은 화염에 휩싸여 있었다. 라틴아메리카의 국가들에서는 반미 정부가 들어섰다. 유럽에서는 과거 바르샤바 조약국들이 나토에 가입했다. 하지만 이런 '세상사'는 한국 뉴스에 등장하지 않았다. 한국 뉴스는 '한국산'만을 다루었다.

길거리에서도 비슷한 광경을 목격한다. 차들은 거의 대부분이 한국산이다. 한국 자동차가 가격 대비 품질이 좋기 때문에 당연한 일일지도 모른다. 하지만 그 내면에는 '메이드 인 코리아'에 집착하는 한국의 분위기가 느껴진다. 한국은 이 세계의 어디쯤에 위치하고 있는 것일까?

모난 돌이 정 맞는다

내게 한국은 세계에서 가장 일을 열심히 하는 사람들이 살고, 음식과 술이 가장 맛있는 나라다. 하지만 하루가 지날수록 뭔가 이상하다는 생각이 들었다. 그것은 무엇이었을까?

한국의 건축 기술은 어디에다 내놔도 손색이 없다. 또 건축 재료들은 그 단단함과 아름다움을 자랑한다. 그런데 서울에서는 멋진 건축을 찾아보기가 힘들다. 빌딩들은 높기는 하지만 모두가 사각으로 멋대가리가 없다. 한국의 건물주들은 기발한 아이디어로 가득한 현대 건축들을 신뢰하지 않는 것일까? 세계 유수의 대도시들은 도발적인 건축물들의 실험이라는 축복을 받고 있지만 서울의 건물들은 보수적이기만 하다. 눈에 튀는 건물들을 소유하는 것이 검은 사각

형의 차로 가득한 도로에서 빨간 스포츠카를 모는 것처럼 '부끄러운' 일일까?

　서울 거리의 자동차들은 대개 검은색, 흰색 아니면 회색이다. 심각해 보이는 이 도로에서 주황색이나 파란색, 노란색 등 컬러풀한 차들은 썰렁한 농담을 하는 듯 보인다. 기아, 현대, 대우, 삼성 같은 자동차 회사들은 전 세계에 수백만 대의 차를 수출한다. 하지만 이 차들은 롤스로이스나 메르세데스, 포드 차와 크게 달라 보이지 않는다. 왜 이 자동차 회사 주인들은 자동차 디자이너들이 새로운 혁명적 디자인을 하도록 놔두지 않을까?

　이렇게 보수적인 생각이 팽배하다면 누가 자하 하디드가 설계하는 디자인센

터에서 새로운 디자인을 할 수 있을까? 지난 100여 년 동안 유럽을 이끈 슬로 건은 이것이었다. '너 자신이 되어라. 남과 다른.' 개성은 미술과 건축, 패션의 발전을 이끈 견인차였다. 그러나 한국의 슬로건은 다른 것 같다. '더 열심히 일 하라. 남들처럼.'

나는 한국 사람들이 지난 수천 년 동안 외세의 침략을 받아왔고, 스스로를 지키기 위해서 힘을 합쳐야 했다는 설명을 들었다. 모난 돌이 정을 맞는다면서 개성을 억눌러왔다. 하지만 이제는 다른 시대가 됐다. 둥근 돌을 깨서 만든 모 난 돌들이 오히려 한국을 지키는 힘이 되지 않을까.

부러질지언정 굽히지 않는다

　속담은 짧지만 문화의 정수를 보여준다. 터키와 한국은 정서가 비슷해서 한국의 속담이 들어맞는 경우가 많다. 하지만 한국과 분위기가 다른 나라, 가령 이탈리아 같은 나라에서 그 속담들이 꼭 힘을 발휘한다고 볼 수는 없다.

　이탈리아 나폴리에 사는 한 시끌벅적한 가족을 상상해보자. 3대가 모여 스파게티와 레드와인을 마시며 저녁 시간을 보낸다. 중년 이후 세대들은 다들 평균 체중보다 40퍼센트 넘는 몸무게를 자랑한다. 행복과 초과된 탄수화물의 결합이다. 모든 사람들이 동시에 말을 하는데 아무도 서로의 말을 듣지는 않는다. 모임은 몇 시간이나 계속되고 웃음소리가 창틀을 뒤흔든다.

　이 가족에게 가서 "말이 은이라면 침묵은 금이오."라고 설교한다면 어떤 일이 일어날까? "이봐요, 쓸데없는 말 말고 여기 와서 와인이나 한잔 들어요."라며 뚱뚱한 이탈리아 아줌마가 잔을 내밀지도 모른다. 다른 사람들은 아무 말도 듣지 못한 양 계속 떠들어댈 것이다.

　하지만 터키는 한국과 비슷하다. 어린 시절 내 아버지는 밥상 앞에서 말을 하지 말라고 가르쳤다. 아주 어린 아이들이라도 떠들지 않도록 교육을 받았다. 식사가 끝난 후에는 차를 마시면서 말을 할 수 있었다.

한국에서 나는 본의 아니게 '침묵 수행'을 하는 경우가 많다. 한국 사람들은 영어를 알지라도 나와는 말을 하려고 하지 않는다. 문법적 오류에 대한 지나친 강박관념 때문일 거라고 친구는 설명을 해주었다. 어쨌든 소주나 맥주로 말문을 튼 한국 사람들이 환담을 나누는 술자리에서 나는 식물인간이 되고 '침묵이 금이다'라는 격언을 몸으로 실천한다. 나는 입을 벌리고 계속 술을 붓지만 입 밖으로 말을 내뱉을 기회는 별로 없다.

어쨌든 침묵은 한국과 터키의 공통의 코드가 될 수 있을 것이다. 대나무의 경우는 어떨까? 한국 사람들은 대나무를 절개와 지조의 상징으로 여긴다고 한다. 꼿꼿한 대나무의 형상이 선비들이 즐겨 그리는 그림의 소재였다고도 한다. 터키 사람들은 대나무를 어떻게 생각할까?

투르크족이 아직 중앙아시아에 살고 있었을 때는 역시 대나무를 이상적으로 생각했을 것이다. 투르크 전사들도 한 고집한다. 전사들에게는 불굴의 의지만큼 중요한 것이 없었을 테니까. 굽히지 않는 강인함은 몽골인들에게도 중요한 자질이었다. 몽골인들은 대나무와 같은 기개를 가지고 세계의 절반을 정복했다. 하지만 그들은 결국 모든 땅을 잃고 고향으로 돌아갔다. 그들은 세계무대에 혜성처럼 등장했지만 100년도 안 되는 짧은 기간 이후 역사에서 사라졌다. 몽골은 대나무처럼 딱딱했다. 그들은 정복지의 문화를 수용하고 그것에 적응하기보다는 파괴했다.

투르크는 전차라는 점에서는 비슷했지만 몽골과는 다른 길을 걸었다. 투르크는 정복한 나라의 행정체계를 연구했다. 1453년 콘스탄티노플을 정복한 후 그들은 비잔틴 통치 스타일에 빠르게 적응했고 다문화를 지배했다. 투르크족은 유연했고 오스만제국은 600여 년 동안 존속했다.

투르크인들도 대나무를 좋아했다. 그들은 대나무를 세로로 잘라서 자유자재로 굽힐 수 있는 활을 만들었다. 그리고 그것으로 날카로운 화살을 날렸다. "휘어라. 하지만 부러지지는 마라."가 투르크인들에게 더욱 적합한 말일 것이다. 다른 예를 보자. 투르크는 중앙아시아에서 불교도들이었다. 그들은 이슬람교를 가장 늦게 받아들인 민족 중 하나였다. 하지만 그들은 중앙아시아에서 술을 마시던 민족이었다. 이슬람이 엄격하게 금지하는 술을 말이다. 아라비안 이슬람의 원칙은 스텝의 투르크인들에게는 지나치게 경직된 것이었다. 투르크인들은 좀더 부드러운 믿음을 필요로 했다. 그 결과 이슬람교와 불교, 샤머니즘을 적당히 뒤섞어 '수피즘'을 발명해냈다.

한국인들은 농경민족이었고 다른 민족을 공격한 적이 없다. 그들은 수천 년 동안의 전쟁에서 자신의 고유한 문화를 방어했고 세계 경제대국으로 살아남았다. 대나무처럼 꼿꼿하고 꺾이지 않는 정신으로 말이다.

내가 이런 의견을 피력하자 친구는 한국 사람들과 대나무의 비교가 현대사회에서는 적절하지 않은 것 같다고 했다. 예를 들어 140여 년 전 러시아 땅으

로 이주해 갔던 고려인들은 러시아의 소수민족 중 가장 동화가 빨랐다. 미국의 한국인들 역시 대단한 적응력을 보여준다. 대나무는 어디로 갔을까?

투르크의 유연성을 강조했던 나 역시 생각을 바꿔야 했다. 1964년 많은 터키인들이 독일의 노동자로 초청을 받아갔다. 첫 세대는 독일어로 말하기를 거부했다. 아직도 가정주부들 가운데는 터키어만을 고집하는 사람들이 많다. 그들은 터키에서보다 더욱 근본적인 이슬람교도들이기도 하다.

친구는 한국인의 '유연함'에 대한 다른 예도 들어주었다. 일제 강점을 경험한 한국인들은 일본인을 혐오하고 아직까지도 반일 감정이 남아 있다. 하지만 한국 사회 전반에서 일본의 흔적을 많이 찾아볼 수 있다. 한국 사람들은 일본 음식과 영화, 만화 등을 무척 좋아한다. 하지만 이와 같은 현상은 모로코에서는 다르게 나타난다고 한다.

모로코 역시 40여 년간 프랑스의 지배를 받았다. 친구는 모로코 사람들이 프랑스를 혐오할 줄 알았는데, 오히려 그들은 프랑스인들이 아니었다면 철도도 도로도 건설하지 못했을 거라면서 프랑스인들에게 호의적이었다고 한다. 게다가 지성인들은 아직도 프랑스어로 대화한다. 그런데 아이러니하게도 모로코에서는 프랑스 식당이나 프랑스 영화, 그 흔한 이브 몽탕이나 에디트 피아프의 샹송조차 듣지 못했단다. 모든 게 예전과 같은 아랍 스타일이었다는 것이다.

이런저런 얘기를 나누다 보니 나 자신도 헷갈린다. 도대체 뭐가 부러지는 것이고 뭐가 굽히는 것인지.

눈에는 눈, 이에는 이!

예전에 일본 아가씨들이 쌍꺼풀 수술에 열광한다는 말을 듣고 도무지 이해가 안 갔다. 한국에서도 비슷한 현상이 있을 거라고는 더더욱 상상도 하지 못했다. 작년에 나는 공원에서 여중생 두 명을 만난 적이 있다. 친구는 내 귀에 대고 "저 친구들 쌍꺼풀 좀 봐." 했다. 쌍꺼풀은 아무렇지도 않았다. 나는 안경을 쓰고 조금 더 자세히 살펴봤다. 쌍꺼풀의 정체는 눈두덩 위에 붙어 있는 투명 테이프였다.

한국에서 쌍꺼풀 수술은 대단히 일반적이라고 한다. 요즘은 어렸을 때부터 쌍꺼풀을 하지만 옛날에는 첫 월급을 탄 기념으로 흔히들 하곤 했단다. 쌍꺼풀은 '수술'이라는 말을 붙이지 않아도 좋을 만큼 간단한 일이 됐다. 광대뼈를 깎는 수술은 더 난이도가 높고 비용도 많이 든다. 내 친구는 고통을 표현하는 말 중에 '뼈를 깎는 고통'이라는 말이 있다고 알려주었다. 한국 여자들은 엄청난 돈을 들여서 글자 그대로 뼈를 깎는 고통을 감내하는 것이다. 동양 여자들은 무척 아름답고 섹시하다. 나는 수술이 그들의 미를 반감시킨다고 생각하는 쪽이다.

남자들은 어떤가? 성기 확장 수술을 한다고 한다. 여자들의 성형수술에 대

해서 나는 확실한 견해가 있지만, 남자들의 성기 확장 수술이 그들을 망치는 일인지 아닌지에 대해서는 확신이 없다. 수술의 성공 여부는 여자들이 판단할 일이다.

서구형 미인이 한국미의 표준이 된 듯하다. 한국 사람들은 수술을 통해서 과거의 자신과는 다르게, '남과 같아 보인다.' 한국 사람들은 유행에 뒤떨어지는 것을 두려워하고, 남과 같아 보이기 위해 많은 노력을 기울인다. 요즘 인기를 끄는 한 혼혈 여가수는 한때 한국 사회에서 무척 어려운 삶을 살았다고 한다. 혼혈이었기에, 그것도 흑인의 피를 받았기에.

한국 기독교도들은 내가 가장 이해하지 못하는 계층이다. 한국 사람들은 대개 중동이나 인도 사람들처럼 털이 많은 민족을 좋아하지 않는 것 같다. 한국 사람들 중에서 수염 기르는 사람을 거의 못 봤다. 하지만 한국 기독교도들이 추앙해 마지않는 예수와 그의 제자들은 모두 털이 덥수룩한 중동 사람들이었다.

만약 미국과 유럽인들 사이에서 털을 기르는 것이 유행이라면 그리고 동양 사람들처럼 쌍꺼풀이 없고 광대뼈가 있는 얼굴이 유행이라면, 한국 사람들은 수염을 기를까? 그리고 다시 수술을 할까?

도시의 소리

　아침 11시, 자판기 두드리는 소리와 함께 나는 일상을 시작한다. 옆집에서는 어린 소녀가 즐겁게 노래를 한다. 옆집 창문은 흰색이고 늘 닫혀 있지만 아주 가까운 곳에 있어서 거의 모든 소리가 다 들린다. 소녀는 세 살쯤 된 어린아이인 것 같다. 어린이 프로그램을 보면서 노래를 따라 한다. 하지만 몇 시간 후 아이는 울음을 터트릴 것이다. 엄마는 아이가 뭔가를 요구할 때마다 계속 소리를 지른다. 집안일을 하느라 바쁜 것인지, 아니면 아이에게 무관심한 것인지. 오후에 아이의 울음소리는 더욱 커진다. 7시가 넘으면 자지러질 듯한 아이의 웃음소리가 들린다. 아이는 집에 돌아온 아빠와 함께 논다. 9시 옆집에서는 아

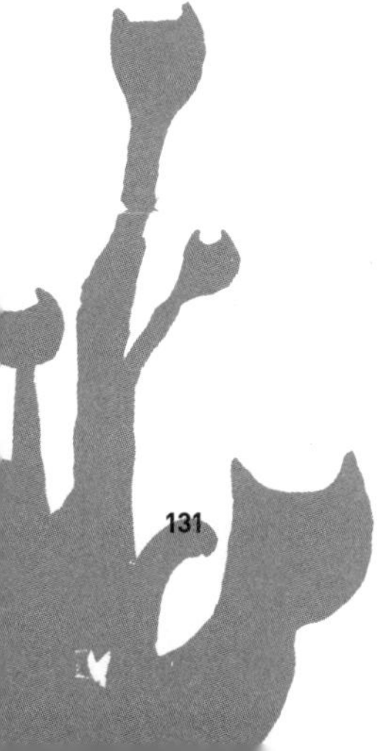

무 소리도 들리지 않는다.

신림동, 산동네의 한 골목에 사는 나의 하루는 다양한 소리로 채워져 있다.

내가 묵고 있는 집은 산에서 가깝다. 아침 6시, 까치 한 쌍의 소리가 들린다. 까치는 전봇대 위에 앉아서 서로서로에게 거의 함성을 지르는 것 같다. 조금 후에 작은 새가 지저귀는 소리가 들린다. 까치보다는 조금 먼 곳이다. 무슨 새인지 정확하게는 모르겠지만 노래는 무척 아름답다.

정확하게 8시 45분이 되면 "사과, 딸기, 토마토, 달고 맛있는 수박이 왔어요. 양파, 대파, 감자, 호박, 오이, 배추가 왔어요." 과일과 야채 장수의 '입성'을 알리는 공지다. 소리는 약 5분에서 10분간 반복된다. 아줌마들이 골목에 나와 물건을 살 때쯤 아저씨는 확성기를 끈다. 9시 30분에는 "창문에 모기장 치세요. 방충망 치세요."라는 소리가 들린다. 점심시간에는 주로 오토바이가 민첩하게 멈추면서 "자장면 왔어요."라는 중국집 배달부의 소리가 자주 들린다. 가끔은 우리 집 앞에서 들리는 소리이기도 하다. 2~3시는 우편배달부의 시간이다. "000 씨~."

지붕에나 뒷골목에서는 아주 드물게 고양이 울음소리가 들린다. 간절하게 짝을 찾는 소리다. 뒷집에는 작은 개가 산다. 주인과 단 둘이 사는 것이다. 아침부터 저녁까지 강아지가 끙끙대는 소리가 난다. 주인이 돌아오면 강아지는 더 이상 끙끙대지 않는다. 어느 날 나는 친구에게 부탁했다. 그 집 주인이 나갈 때는 강아지를 내게 맡겨도 된다고 전해달라고. 친구가 그 집 주인한테 얘기를 했지만 아직 강아지를 맡아달라는 주문이 없다. 그리고 강아지의 울음소리도 더 이상 들리지 않는다. 아마도 주인은 다른 방법을 찾은 모양이다.

신한은행
HYUNDAI

한국인 친구는 "고장 난 시계나 머리칼 팔아요~"라든가 "하수구 뚫어!" "흑염소~." "똥 퍼!" 등 어린 시절에 들었던 소리를 기억해냈다. 지금은 추억으로만 남아 있는 소리들이라고 한다. 일반 주택가 골목에서는 아직도 이런저런 소리들이 들리는데, 아파트는 소음 방지의 이유로 별다른 소리가 없단다. 다만 아침 출근시간 무렵이면 "세탁, 세탁" 하는 소리가 아파트 층층을 돌아다닌다.

이스탄불의 소리는 어떤가?

아침 5시, 침실 바로 곁 창가에서 아카시아 나무에 앉은 나이팅게일 한 쌍이 나를 깨운다. 봄여름에는 제비가 재빨리 날며 소리를 낸다. 5시 30분, 무에진(이슬람 사원에서 기도 시간을 알리는 사람)의 기도 암송이 대기 중에 울려 퍼진다. 그의 기도는 순식간에 이스탄불 전역에 퍼져 있는 다른 무에진들의 기도 소리와 어우러지며 합창을 한다. 시간을 정확하게 맞추지 못한 무에진의 뒤늦은 기도가 들려오기도 한다.

이맘때쯤 갈매기가 울기 시작한다. 갈매기들은 지붕 꼭대기에 앉아 중세의 마녀처럼 깍깍댄다. 만약 전날 피곤한 일이 없었으면 나는 무에진의 기도 소리를 들으며 잠을 깨고 터키 커피를 마시면서 해가 떠오르는 광경을 바라본다. 보스포루스 해협을 오가는 배들의 뱃고동은 기도가 울려 퍼진 후에도 남아 있는 아침의 푸른 고요를 가른다.

이제 조금 있으면 가게마다 셔터를 올리는 소리가 들릴 게다. 한 가게에 구식 경보장치가 있는데, 주인이 가게 문을 열 때마다 비명을 질러댄다. 주인이

안으로 들어가서 해제 단추를 누른 다음에야 잠잠해진다. 인근 주민들은 가게 주인에게 바깥에서 자동으로 조절할 수 있는 최신 알람으로 바꾸는 게 어떻겠느냐고 충고하기도 한다. 그렇지 않으면 선잠을 깬 누군가가 주인을 마구 두들겨 팰지도 모르니까. (내가 그 주인을 패지 않으리라고 누가 장담할 수 있겠는가?)

아마도 세상에서 택시 소음이 가장 심한 도시가 이스탄불일 것이다. 7시면 택시기사들은 좁은 골목을 누비고 다니며 경적을 눌러댄다. 아직도 밤의 푸르름이 드리워 있던 어느 일요일 아침, 한 택시의 경적소리가 적막을 깼다. 곧 한 여자의 날카로운 비명이 들리더니, 택시 유리창이 깨지는 소리가 뒤를 따랐다. 여자가 창문으로 화분 같은 것을 던진 모양이었다. 그러고 나서도 30분 동안이나 지나가는 사람들에게 택시의 만행과 자신의 방어 행각을 미주알고주알 늘어놓았다. 동네 주민들은 필시 그 용감한 여인네한테 꽃다발이라도 안겨주어

야 한다고 생각했을 것이다.

하루 중 가장 재미있는 시간은 이제부터 시작된다. 많은 장사치들이 하나둘씩 골목을 누비고 다니는데, 판매 품목에 따라 소리가 다르다. 가장 빨리 나타나는 상인은 '시미트'를 판다. 시미트는 도넛처럼 가운데가 빈 깨빵으로 차와 잘 어울린다. 상인은 우선 "시미이이이이이이트."라고 소리친다. "츠트ㅇㅇㅇㅇㅇ르."가 그 뒤를 따른다. '츠트르'는 바삭하다는 뜻이다. 그러니까 방금 구워낸 시미트라는 말이다. 사실 상인이 골목을 다닐 무렵 오븐에서 나온 시미트는 식은 지 오래지만, 상관없다. 어쨌든 신선한 건 사실이니까.

카페와 식당, 가정집을 돌아다니며 가스를 파는 차도 있다. 나는 가스차가 정말 싫다. (아마 좋아하는 사람은 아무도 없을 것이다.) 가스차에서는 녹음된 여자의 음성이 들려온다. "아이~ 가스!" 유감스럽게도 가스를 파는 차는 한 대가 아니다. ‘아이 가스’ 차 한 대가 지나가고 나면 또 다른 ‘아이 가스’가 나타난다. 아이 참, 가스가 사람 미치게 한다.

아이 가스의 바통을 이어받는 소리는 “사알~렙.”이다. 살렙은 난초 씨를 섞은 뜨거운 우유 음료로 설탕과 계피가루를 뿌려 마신다. 살렙을 마시다 보면 서울에서 먹던 찹쌀떡이 생각난다. 살렙 상인은 밤낮으로 돌아다니며 “야느요 오오오오르.”라고 소리친다. ‘뜨거워요’ 라는 뜻이다. 여름에 살렙 상인들은 같은 난초 씨와 우유로 만든 아이스크림을 판다. 그런데 그때는 왜 서울 인사동에서 하드를 파는 사람처럼 “아이스케키~.”라고 외치지 않는 걸까.

감자와 양파 장수는 큰 트럭으로 이동한다. 나이든 노인이나 시장 갈 시간이 없는 아줌마들에게는 딱이다. 과일과 야채 장수들이 오면 터키 아줌마들은 골목까지 내려가지도 않는다. 그들은 바구니에 돈을 담아 바구니 손잡이를 밧줄에 묶어 아래로 내려 보낸다. 그러면 상인들은 돈을 집고 바구니에 다시 야채를 담아 올려 보낸다. 그때 골목 건너편에 사는 아줌마들은 창밖으로 몸을 내밀고 수다를 떤다. 사랑스러운 광경이다.

지붕의 고양이들은 어스름할 때쯤 나타난다. 개에 관해서는 재밌는 얘깃거리가 있다. 나는 이스탄불의 오래된 갈라타 탑 근처에 사는데 이 근방에는 다섯 마리의 주인 없는 길거리 개들이 산다. 한국인 친구는 이 개들을 ‘갈라타 5인조’ 라고 불렀다. 이 ‘씩씩한’ 개들은 마치 자신들이 갈라타 탑을 수호하기라도 하는 듯 탑 근처에서 하루 종일 잔다. 낯선 개들이 지나갈 때는 사납게 짖어낸다. 이유는 모르겠지만 낯선 개들은 대략 새벽 3시경 이 근처에 출몰하여 동네 사람들을 다 깨운다.

가끔 어린 시절의 친구를 만날 때 우리가 가장 좋아하는 일은 어릴 때 들었던 길거리 장사치들의 소리를 흉내 내는 것이다. "빨랫줄, 빨래집게, 후추, 고춧가루, 커민."은 잊지 못할 멜로디다. 이 소리는 억양이 중요하다. 빨랫줄부터 고춧가루까지 네 종류는 연달아서 하고 톤이 높다. 그 다음에는 약간 쉰 다음 커민으로 마무리짓는데, 커민의 억양은 낮고 길게 늘어진다. 가끔씩 아저씨가 뭔가 씹거나 먹을 때는 그 소리들도 함께 섞여 나온다. "빨랫줄, 빨래집게, 후추, 쩝쩝, 고춧가루, 쩝쩝, 커민~~~~~."

미스터리에 가득한 아저씨도 있었다. 그 아저씨는 키가 크고 눈은 파란색이었다. 머리는 밝은 빛깔이었다. 그는 챙이 넓은 모자를 썼고 자전거를 끌고 다녔다. 깡마른 돈키호테와 애마를 연상시켰다. 동네 아주머니들은 창밖으로 몸을 반쯤 내밀고 혹시 이 아저씨가 지나가는지 두리번거리곤 했다. 다른 이동식 상점 주인들과 다르게 돈키호테 아저씨는 작은 소리로 속삭였다. 2~3미터까지 가까이 다가가서야 무얼 파는지 알게 된다.

"속옷 팔아요……."

02 - 22

기억상실증

　〈도쿄-가〉(1985)라는 빔 벤더스 감독의 다큐멘터리 영화가 있다. 벤더스는 일본을 여행하면서 1950년대 일본 감독 오즈 야스지로가 필름에 담아냈던 일본의 분위기를 찾아다닌다. 하지만 좁은 골목과 기와지붕, 1층짜리 목조 건물들은 사라진 지 오래였다. 대신 영혼 없는 보도블록들이 그 자리를 채운다. 빔 벤더스 감독은 거의 절망적으로 그 블록들 틈에서 과거의 흔적을 찾아 헤맨다.

　1996년 나는 실크로드 여행의 사전준비를 위해서 베이징을 방문했다. 그때 받았던 느낌이 바로 빔 벤더스 영화에서 그려진 그것이었다. 그로부터 6년 전 나는 후통(Hu Tong)에서 시간을 보낸 적이 있었다. 후통은 1층짜리 건물에 폭이 2미터도 채 안 되는 골목, 기와벽돌집으로 가득 차 있는 베이징의 뒷골목들을 부르는 말이다. 만두 찜에서 올라오는 김이 후통 거리를 휘감는다. 찻집에는 노인들이 애지중지 여기는 새들을 새장 속에 넣어 가지고 와서 긴 파이프를 뻐끔거린다. 그들은 다른 노인들과 함께 차를 마시며 시간을 보낸다. 그때 나는 이 살아 꿈틀거리는 미로 속을 즐겁게 헤매고 다녔다.

　6년의 세월이 흐르고 난 후 1996년 내가 발견한 것은 깔끔하게 면도를 한 뒷골목의 풍경이었다. 나는 살아 있는 골목 풍경 대신 건물을 부수는 기계들의 사진을 찍었다. 수년 후 내 친구는 베이징에서 산 책을 한 권 선물했다. 《Hu tongs of Beijing》. 60년대 베이징의 뒷골목을 찍은 흑백사진집이다. 나는 진귀한 보석을 다루듯 조심스럽게 책장을 넘겼다.

변화는 사실 도시의 습성이다. 오래된 지역이 있는 반면 새롭게 단장하는 지역도 있다. 하지만 이것은 민감한 주제다. 모든 사람들의 기억에 남아 있는 도시의 옛 모습을 보존하자면 무엇을 얼마만큼 바꾸어야 할까?

모더니즘이 태동한 서구사회에서 도시의 재건은 더 이상 토론의 주제가 아니다. 보존비용이 얼마가 들든 그들은 과거를 유지하는 쪽에 손을 든다. 수년 전 네덜란드에서 독일까지 자동차를 타고 갈 때의 일이다. 네덜란드 친구는 시골 풍경을 보여주기 위해서 샛길로 접어들었다. 17세기의 목조와 석조 건물들,

거대한 나무들은 한 폭의 그림 같았다. 친구는 집을 보수공사하는 데에는 새로 짓는 것보다 훨씬 경비가 많이 든다고 했다. 집의 구석구석 모두 그 원형이 등록되어 있는데 만약 교체를 하려면 옛날 그대로의 형태로, 그 재료를 써야 한다는 것이다. 예를 들어 유리창이 불투명하고 투박한 17세기 모습이라면 그 당시의 기법으로 제작된 유리창으로만 교체가 가능하다고 한다. 다행스럽게도 옛날 재료를 전통적인 방법으로 생산하는 장인들이 아직도 활동한다.

"왜 그렇게 정확하게 바꿔야만 할까?" 나는 물었다.

"렘브란트나 베르메르가 이 집을 화폭에 담았을지도 모르니까."

역사에 대한 존경심은 네덜란드에서 대단히 중요한 문제였다. 시간이 지나면 무엇으로 네덜란드의 역사를 후손들에게 보여줄까? 박물관의 그림으로?

아니면 현실로?

2007년에 나는 동대문운동장에 위치해 있던 벼룩시장을 일주일에 최소한 한두 번씩 방문했다. 맥주를 한잔 들이키면서 보물찾기를 하는 소년처럼 진귀한 물건들이 없는지 찾아다녔다. 가끔은 전혀 쓸데없는 물건들을 구입하기도 했다. 벼룩시장 사람들도 몇 명 알게 됐다. 벼룩시장의 이미지는 생생했다.

그리고 이듬해 5월, 나는 다시 공항버스를 타고 서울 시내에 진입했다. 서울은 여전히 여기저기서 공사 중이었다. 그 다음날 나는 동대문운동장으로 갔다. 벼룩시장은 앙상한 잔해만 남긴 채 해체되었다. 자하 하디드가 설계하는 미래주의적 디자인의 건물이 이 자리에 들어서게 될 것이다.

나는 팔 한쪽을 잃은 듯한 느낌을 받았다. 여러 사람들에게 물어물어 이사한 벼룩시장을 찾아갔다. 잘 지어진 철재 건물 안에 여러 색깔로 구분된 상점들이 눈에 띄었다. 10분도 채 지나지 않아 나는 그곳을 나왔다. 친구는 사실 동대문운동장의 벼룩시장도 새것이었다고 했다. 청계천 주변에 몰려 있던 벼룩시장들이 청계천 공사 때문에 이곳으로 옮겨졌던 것이다. 청계천에서 옛날 벼룩시장들은 사라졌고, 동대문으로 이사한 또 다른 벼룩시장도 다시 사라졌다.

20세기 초 서울의 흑백사진들은 꿈만 같았다. 나는 카메라를 들고 옛날 서울 거리를 헤매는 자신을 상상해보았다. 인사동 위쪽으로 북촌이라는 마을이 있다는 얘기를 듣고 찾아갔다. 골목은 잘 단장이 되어 있었지만 아줌마도, 개도, 시끌벅적한 어린아이들도 없었다. 오래된 집들 같았지만 사실은 옛 스타일로 새로 지은 집들이 대부분이었다. 집들을 보며 밀랍인형을 떠올렸다. 진짜랑 똑같지만 생명은 없는.

도시 곳곳에 오래된 집들이 전혀 없는 것은 아니었다. 하지만 그 집들은 농기구들로 가득 차 있는 식당이나 술집이었다. 사극의 세트장을 제외한다면 100년 전 서울 거리는 남아 있지 않다.

일제 강점기와 한국전쟁으로 서울은 옛 얼굴을 잃었을 것이다. 하지만 60년대 이후 전국에서 대대적인 재건 사업이 실시되었고, 역사는 개발의 이름 아래 자취를 감추고 말았다. 현재 나는 신림동 산동네 다세대 주택에 머물고 있다. 50년 후 이곳은 지금과 같은 모습을 간직할까? 언젠가 이곳도 재개발될 것이고, 사람들은 아파트로 이사를 할 것이다.

이번 방문에서 한반도 대운하 프로젝트에 관한 이야기를 들었다. 나는 머리를 쥐어뜯었다. 소나무와 산을 이토록 좋아하는 한국 사람들이 진정 산을 허물고 인공적인 물길을 만든단 말인가? 한국 사람들이 진정 눈과 코에 성형수술을 해대는 사람들처럼 자연 전체에 메스를 대고 싶어한단 말인가? 도시의 기억상실증으로도 모자라서 자연의 기억상실증을 만들고자 한단 말인가? 네덜란드만큼이나 부유한 나라인 한국 사람들에게 역사는 네덜란드 사람들보다 덜 중요하단 말인가?

최근 텔레비전에서 우리는 중국에 관한 보도를 자주 접한다. 중국의 모든 강에는 셀 수도 없을 만큼 많은 댐들이 건설되어 있다. 성장의 이름으로. 이제 그들은 천천히 대가를 치른다. 쓰촨성 지진의 고통이 아직도 생생한 지금, 중국 마을들이 홍수에 잠긴다. 강줄기는 수백만 년에 걸쳐 형성되는 것이다. 기계의 힘으로 그것을 바꾸고 똑바로 만드는 일은 결코 자랑거리가 아니다. 인간이 자연의 변화로부터 이익을 얻기 전에 자연은 자신이 희생된 대가를 먼저 물을 것

이다. 인간은 얻는 것보다 잃는 것이 많을 것이다.

과거 중국을 여러 번 여행하면서 나는 경악을 금치 못했다. 강물의 오염은 상상을 초월했다. 중국은 엄청난 수력에너지를 동원해서 유해하고 값싼 플라스틱 장난감을 계속해서 생산해야 할 필요가 있을까? 탐욕스러운 정치가들은 지금 주판알을 튕겨보아야 할 것이다. 그렇지 않으면 자연이 묻는 대가는 두 배, 세 배로 늘어날 것이다.

한국에서 나는 촛불집회에 참여했다. 다행스럽게도 천안문 사태와 달리 탱크도 최루가스도 없었다. 물대포와 폭행이 있었고, 몇몇 사람들이 체포되긴 했지만. 정치가들은 왜 여전히 탐욕으로 불타 있는 것일까? 정보와 지식이 고도로 발전한 한국 사회에서, 모든 역사의 지혜와 종교의 가르침을 간직한 이곳에서. 매일 밤 수십만 개의 촛불이 어둠을 밝힌다. 미국산 쇠고기 수입과 대운하 계획을 중지시키기 위해서. 나는 한국 사람들의 민주적 행동과 의지를 존중한다. 하지만 촛불 세대들 역시 역사를 보호하기에는 민감하지 못한 것 같다. 역사는 여전히 이들의 이슈가 되지 못한다.

몇 개월간의 서울 체류 기간 동안 나는 외국인들을 거의 만나지 못했다. 서울에는 관광객들이 드물다. 왜 한국에 와야 할까? 김치를 먹고 아파트를 구경하기 위해서? 한국의 자원은 제한되어 있다. 하지만 한국에는 다른 가치들이 있다. 한국 사람들 손안에는 외국 사람들과 나눌 수 있는 아름다운 자연이 있고, 역사가 있고, 예술이 있다. 성장과 발전의 이름으로 이 가치들을 파괴하려는 정치가들이 한국에 필요할까? 이들을 선택하거나 선택하지 않는 일 역시 한국 사람들의 손에 달렸다.

100th ANNIVERSARY
WELCOME
TO THE
CONVERSE
CENTURY

CONVERSE
Taylor
STAR
100th
FU
CONVERSE
08
CENT
타코야키
6개 3,000원
12개 5,000원
코코아드링크
2,000원

골고다 언덕과 시시포스의 전설

술이 끝나기 전에 하루해가 먼저 지는 날이 있다. 바깥에 있다면 상관이 없지만 집 안에서 이런 상황이 닥치면 당혹스럽다. 2차를 어떻게 계속할 것인가? 내가 머무는 이곳은 신림, 산동네다. 홍수가 와도 끄떡없는 곳이라고 한다. 하지만 나는 홍수보다도 술이 떨어질 때를 더 걱정하는 사람이다. 해발 600미터쯤 되는 이 집은 나를 매일 시험에 들게 한다. 늦은 밤, 누가 이 언덕을 내려가서 술을 사올 것인가?

나는 친구 이혜승과 가위바위보나 사다리게임을 한다. 이 게임들이 익숙하지 않아서인지, 아니면 교활한 한국인 혜승이 무슨 수를 쓰는 것인지, 그것도 아니면 패배자의 운명을 타고난 까닭인지 대부분 내가 진다. 지지 않더라도 혜승은 협박 아닌 협박을 한다. "이 어두운 밤, 너는 연약한 나를 험한 길거리로 내보내겠다는 거야? 그것도 술을 사러?"

나는 가끔씩 혜승에게 사정을 한다. "네 아버지 보드카를 조금만 갖다 주면 안 되겠니?"

"안 돼. 지금 주무시니까." 혜승은 가혹하다.

내가 직접 찾아볼 수도 있겠지만 아마 절대 발견하지 못할 것이다. 혜승의 어머니는 술을 한 잔도 못 드시지만 그 친구 분들은 그렇지 않다. 그럼에도 아버지는 간이 튼튼한 아줌마들의 공격으로부터 보드카를 안전하게 보존하신다고 했다. 난공불락이다.

패배자의 슬픈 운명을 타고난 나는 매일 밤 언덕을 내려간다. 술을 산다는 희망이 있는 한 그리고 내려가는 이상 발걸음은 가볍다. 그날 기분에 따라 맥주 네 병이나 막걸리·소주 두 병을 산다. 고통은 이때부터 시작된다. 하루 종일 일하느라 지치고 이미 취한데다 내기까지 진 채 무거운 술병을 들고는 가파른 경사를 올라 십자가 쪽을 향한다. 친구의 집은 언덕 꼭대기에 있는데 그 근처에는 거대한 교회가 있다. 교회 꼭대기에는 네온 빛으로 장식한 큰 십자가가 있다. 밤거리, 술병을 든 내게 언덕 위의 교회와 십자가는 나의 길을 인도하는 등대와 같다.

나는 무신론자이지만 여권에는 무슬림이라고 쓰여 있다. 이슬람에서 알코올은 금지되어 있다. 술병을 들고 올라가는 일은 분명 죄악이다. 그래서 나는 신께 기도한다. 저의 죄를 용서해주소서. 나는 용서받는다. 술에 전 나의 간은 다음날 프로메테우스처럼 정상으로 되돌아온다. 그리고 또 다시 가파른 언덕으로 돌을 굴려 올리는 시시포스처럼 매일 밤 술병을 들고 신림동의 골고다 언덕을 오른다.

이스탄불의 김치 동호회

　한국 친구 이혜승을 처음 만난 것은 2007년이었다. 그녀는 상트페테르부르크에서 연구 여행을 하던 중 나와 연락이 닿아 이스탄불을 방문했다. 터키군을 파병했던 나라, 지구상의 마지막 분단국가, 올림픽 그리고 월드컵 등을 제외하고 한국에 대한 나의 지식은 얄팍했다. 더군다나 한국 음식에 대해서 나는 백지 상태였다.

　혜승은 이스탄불에 열흘 동안 머물렀다. 할아버지에게서 요리사 피를 받은 만큼(내 성인 아쉬츠는 터키어로 요리사라는 뜻이다) 나는 혜승에게 나의 재능을 최대한 발휘하려고 노력했다. 신선한 생선과 송아지 고기 요리(물론 30개월 이상의 미국산은 아니다), 중국 스타일의 달콤한 닭강정, 올리브오일과 레몬을 넣어 만든 신선한 야채샐러드, 레드와인과 터키 술 '라키' (투명하지만 물을 섞으면 뿌옇게 되는 술이다)까지 곁들여서.

우연히도 그때 이스탄불 현대박물관에서는 ‘매그넘이 본 터키’ 전시회가 열렸다. 나는 집에서 큰 파티를 열기로 했다. 매그넘 사진작가들인 알렉스 웹, 해리 그뤼에르, 게오르기 핀카소프, 브루노 바비(이 작가들은 작년 한국으로 초청받기도 했다), 니코스 에코노모폴로스, 앙투안 다가타, 짐 골드버그와 터키 사진작가들이 집으로 찾아왔다.

나는 한 사람 앞에 한 마리씩 서른 마리의 생선을 오븐에 구웠다. 젊고 혈기에 찬 터키 사진작가들은 야채샐러드를 만들었다. 혜승은 참기름을 넣은 불고기를 요리했다. 식탁에 앉은 국제 요리 심판들은 전체적으로 후한 점수를 주었다. 불고기는 10점 만점에 9점을 획득했다.

혜승과 나는 요리에 대해 많은 이야기를 나누었다. 하루에 세 번, 식사를 하느라 입을 다물 때를 제외하고 우리의 주요 화제는 단연 요리였다. 터키 사람들은 치즈와 버터, 올리브오일 등으로 ‘기름진’ 터키 음식을 먹은 후 달콤한 할바나 바클라바(깨, 해바라기씨 등 갖가지 재료로 만든 강정)를 먹는다. (심장 발작을 위해서는 완벽한 조합이라 할 수 있다.) 혜승의 입맛은 달랐다. 혜승은 식사를 마친 후 터키 스타일의 배추 요리인 투루슈를 무차별 공격하곤 했다. 투루슈는 식초 국물에 담가 만든 시큼한 야채 요리다. 혜승은 그 시디신 국물을 통째로 마셔서 우리를 놀라게 하기도 했다. 혜승은 한국으로 돌아가는 날 드디어 ‘김치’를 만난다는 수수께끼 같은 말을 남기고 떠났다. 그때 ‘김치’는 내게 다윈이 발견했던 갈라파고스 군도의 희한한 동물 이름과 비슷한 인상을 남겼다.

몇 달 후 나는 한국 땅에 처음으로 발을 디뎠다. 1988년에도 3일간 머문 적이 있지만 그때는 한국 음식을 전혀 몰랐으므로 한국을 방문했던 것으로 생각하지 않는다. 오자마자 혜승과 그녀의 친구들은 나를 갈비집으로 데려갔다. 갈비는 가장 흔한 한국 음식 중 하나라고 말해주었다.

자리를 잡고 앉자 종업원들이 뜨겁게 달구어진 숯불과 석쇠 등을 가져왔다. 고기 모양은 약간 낯설었다. 주 요리 옆을 둘러싼 음식들은 주로 붉은색이거나 초록색이었는데, 정체를 알기는 어려웠다. 중국을 여러 번 방문한 덕에 나는 능숙한 젓가락질을 친구들에게 선보였다. 친구들은 대견하다는 표정을 지었다. 우리는 영어로 자기소개를 했다. 혜승은 이스탄불에서 있었던 일을 친구들에게 말했는데 그들의 대화는 한국어로 이어졌다. 나는 식탁으로 눈을 돌려 젓가락질을 하기 시작했다.

날씬한 쇠젓가락으로 맨 처음 집어 입에 넣은 음식은 고춧가루로 뭉쳐진 야채였다. 무척 매웠다. 갑자기 번개를 맞은 것 같은 기분이었다. 친구들은 약간 걱정스러운 눈으로 나를 쳐다보았다.

나는 한 번 더 그 '경이로운' 음식을 집어 먹었다. 국물 몇 방울이 셔츠 위로 뚝뚝 떨어졌다.

'흠, 조금 매운데, 고기와 싸먹으면 잘 어울릴 것 같군.' 나는 속으로 생각했다.

'흠, 신맛과 매운맛, 상당히 잘 어울리는 걸.'

'흠, 쩝쩝, 이 찝질한 냄새의 정체는 무엇일까? 생선 같은 게 들어갔나?'

나는 여러 종류의 붉은 야채를 맛보면서 혼자서 품평회를 계속했다.

누군가 큰 소리를 질렀다. 나는 정신이 번뜩 들었다. 고개를 들어 보니 친구들은 나를 뚫어지게 쳐다보면서 웃고 있었다. 종업원은 빈 그릇을 가져가더니

그 야채를 가득 담아왔다.

그것은 김치였다. 김치 신고식은 계속 이어졌다. 고기가 익어가는 동안 김치 접시는 몇 번 더 비워졌다 채워졌다를 반복했다. 친구들은 김치를 고기판 위에 놓고 구우면 더욱 맛있다는 조언을 해주었다. 나는 그때 내가 김치 때문에 크나큰 어려움을 겪게 될 줄은 미처 몰랐다. 나는 아주 빠른 속도로 김치에 그만 중독되고 만 것이다.

그 다음날부터 나의 주요 슬로건은 '아침에도 김치, 저녁에도 김치, 자나 깨나 김치'였다. 두 달 후 나는 이스탄불로 돌아갔다가 다시 두 달이 지난 다음 한국으로 돌아왔다. 전시회가 열릴 예정이었다. 시내 식당에서 나는 김치 한 접시를 냉큼 비웠다.

김치는 세계에서 손꼽히는 건강식품 중 하나이고, 종류도 400여 가지가 넘는다고 한다. 심지어 김치박물관도 있으며, 김치냉장고는 집안의 필수품이라는 얘기를 한국에서 영어 강사를 했던 미국인으로부터 들었다. 배추와 고춧가루의 이 로망은 포르투갈인의 중매로 수백 년 전에 한국에서 시작되었다는 얘기도 있었다. 하지만 김치에 대한 어떤 정보도 내겐 맛있지 않았다. 나는 어떻게 하면 매일 김치를 먹을 수 있을까 하는 궁리에 사로잡혀 있었다. 나는 슬슬 미래가 걱정되기 시작했다. 한국이라면 상관없겠지만 이스탄불에서는 어떻게 한담?

매운 김치의 부재로 인해 나는 이스탄불에서 속이 아린 '고통' 속에 몇 달을 보냈다. 그때 혜승이 다시 이스탄불을 방문하면서 면세점에서 김치 다섯 봉지를 사왔다. 그날 저녁 나는 두 봉지를 앉은자리에서 해치웠다. 백세주와 함께.

그 다음날 혜승이 아직 김치를 그리워하지 않는 틈을 타서 나는 나머지 세 봉지를 공동화시켰다.

그 다음은? 혜승은 한국인이기 때문에 그리고 나는 김치 세례를 받은 신도가 되었기에, 살아갈 방법을 찾아야 했다. 우리는 구글을 검색했다. 혜승은 국제전화를 걸어 어머니에게서 김치 담는 비법을 자세히 받아 적었다. 우리는 장을 보러 갔다. 가장 신선한 야채를 파는 가게는 생선시장 안에 있었다. 터키에는 양배추가 대부분이다. 김치용 배추는 중국산 배추라고 부른다. 이스탄불에서 12시간 떨어진 안탈리아의 한 열성적인 농부가 몇 년간 재배하고 있다. 배추는 일주일에 두 번씩 이스탄불로 배달된다. 행운의 여신은 그날 우리를 빛으로 인도했다. 우리는 배추 네 포기를 발견했다. 생강은 인도에서 수입하는데, 값이 조금 비싸기는 하지만 구하기는 어렵지 않았다. 마늘이라면 전 세계에서 한국과 경쟁할 수 있는 유일한 나라가 터키라고 나는 감히 자부한다. 조개와 새우, 무, 굵은 소금, 대파, 양파 등 다른 재료들을 한 보따리 사서 우리는 집으로 돌아왔다.

중세의 연금술사처럼 우리는 천천히 그리고 정확하게 김치 제조과정에 돌입했다. 혜승 어머니가 지시한 대로 배추를 잘라 굵은 소금을 뿌리고 물을 넣었다. 나는 터키의 사진작가들을 초대했다. 좋은 구경거리와 먹을거리가 있다는 게 초대의 사유였다. 그들은 호기심에 가득 찬 눈으로 김치 담그는 과정을 목격했다. 어마어마한 양의 고춧가루와 마늘이 들어가는 광경을 보고 그들은 입을 다물지 못했다.

아, 터키 사진의 역사에서 가장 위험한 순간이 도래했다. 김치 맛을 본 그들은 실수로 셔터를 누르는 데 필수적인 오른손 집게손가락을 깨물었던 것이다. (우리는 맛있는 음식 앞에서는 손가락을 깨무는 버릇이 있다). 터키 사진작가들이 김치에 매력을 느끼는 데에는 오랜 시간이 필요하지 않았다. 나의 첫번째 실험은 아직 금을 만드는 수준에는 도달하지 못했지만, 나도 김치 연금술사가 되기에 충분하다는 자신감을 심어주었다.

다음 주 우리는 아나톨리아 지방으로 여행을 떠났다. 기본적인 준비물 외에도 우리는 김치를 챙겨갔다. 친구의 봉고차로 여행을 했기에 김치를 챙겨가는 데는 문제가 없었다. 여행 중 큰 김치통은 며칠 새 바닥을 드러냈다. 이스탄불로 돌아온 후 우리는 다시 김치를 담갔다. 그때 혜승은 이 과정을 사진에 담았다. 김치 신도가 된 사진작가들도 혜승에게서 비법을 전수받아 김치를 담갔다. 김치 신도들은 어떤 가게에서 어떤 재료를 파는지, 새우젓 국물을 어떻게 만드는 게 좋은지, 생강과 마늘의 비율이나 김치 절이는 공정에 대한 정보를 주고받았다. 터키 사진의 역사에 중대한 전환기가 도래했다. 우리들은 어느새 사진보다 김치에 더욱 많은 시간을 할애했다. 어느 날 우리는 김치 품평회를 갖기로 했다.

"흠, 아리프의 김치는 잘 절여졌어요. 오마르 김치에 비해서는 고춧가루가 더 많이 들어가서 매콤한 맛이 나는군요."

"오마르의 김치는 첫 시도치고는 고무적이군요. 하지만 다음부터는 절이는 과정에 좀더 신경을 쓰셔야 할 것 같습니다. 또 마늘이나 생강, 고춧가루 등도 아끼지 말고 넣으세요."

혜승은 한국에서 수십 년간 단련한 입맛을 무기로 원인의 분석과 향후 처방

까지 곁들인 평론을 내놓았다. 혜승이 한국으로 돌아간 후 나는 혼자서 김치를 담가보기로 했다. 나는 야채가게로 가보았다. 배추는 없었는데 그 다음날 물건이 온다고 했다.

"형님 몫으로 몇 포기 남겨둘 테니 걱정 마세요."

다음날 오후 나는 김치 담그기에 필요한 재료를 구입한 후 야채가게에 들렀다.

"저기, 형님, 그게 말예요……." 가게 주인은 약간 당황스런 표정을 지었다. 배추는 없었다.

"형님이 오시기 몇 시간 전, 건장한 남자 두 명을 대동한 한 한국 아주머니가 가게에 들렀어요. 알고 보니 한국 영사 부인이래요. 배추 큰 게 일곱 포기 있었는데 싹쓸이해갔습니다. 최소한 두 포기는 안 팔려고 했는데, 그 영사 부인이 꼭 사가야 한다고 고집을 부리는데다 옆에 있던 사내들이 좀 무서워서요." 그는 머리를 긁적거렸다.

"그 영사 부인이 뭘 한다면서 배추가 다 필요하다는 거예요."

"혹시 김치?" 나는 실망스러운 톤으로 되물었다.

"어, 맞아요. 그게 뭐 그리 중요한 건지는 모르겠지만, 그 영사 부인은 자주 배추를 사가세요. 내일모레 다시 배추가 올라오는데, 그때는 꼭 형님 배추를 따로 떼어놓겠습니다."

맥주나 두어 병 사가야겠군. 지하 김치 동호회의 비공식 회장인 내가 김치 없는 주말을 보내다니. 그것도 한국 영사 부인 덕분에. 저녁 해가 쓸쓸한 노을을 길게 드리우며 천천히 저물어가고 있었다.

교회는 얼마짜리?

한국에 와서 가장 놀라운 인상을 받은 것은 십자가들이었다. 인천공항에서 강남 쪽으로 버스를 타고 진입할 때 셀 수도 없이 많은 십자가들이 도시 곳곳에 흩뿌려져 있는 광경을 보았다. 지난 20여 년 동안 나는 아시아의 여러 도시들을 다녀왔다. 홍콩, 베이징, 광둥, 상하이, 도쿄, 타이베이 등등. 마천루로 가득한 현대 도시들이지만 각자의 개성이 있다. 절을 비롯한 독특한 건물들의 실루엣이 도시를 장식한다.

서울에서 나는 눈을 동그랗게 뜨고 버스 창밖으로 도시의 하늘을 가득 메운 십자가들을 본다. '은둔의 나라' 한국은 언제 기독교로 개종한 것일까? 불교 국가가 아니었단 말인가? 한국에 오기 전 나는 구글에서 한국의 역사나 예술을 검색어로 입력하곤 했다. 신비하고 영광스러운 과거의 흔적을 느껴보기 위해서. 하지만 이 기독교 공동묘지 같은 실루엣의 정체는 무엇이란 말인가?

터키 국민인 나는 이른바 '무슬림'이다. 사실을 고백하자면 무신론자이지만. 어쨌든 나는 여러 종교에 관심이 많다. 여행을 하는 동안 여러 나라에서 많은 종교인들을 만났다. 나는 그들을 존중하는 동시에 그와 똑같은 거리를 유지한다. 그중에서도 조금 더 선호하는 종교가 있다면 그것은 불교다. 1989년 나는 달라이라마를 만났다. 그가 노벨평화상을 받은 때였다. 나는 긴 인터뷰를 했다. 그때 찍은 사진은 아직도 집 한가운데에 걸려 있다.

나는 잊지 못한다. 스물두 살, 이탈리아 바티칸, 시스틴 성당에 있는 미켈란젤로의 프레스코. 마음은 감정의 회오리에 휩싸였다. 독일 고딕성당의 아름다움과 그 신비한 아우라, 카파도키아의 동굴교회에서 풍기는 비밀스런 이미지를 나는 모두 사랑한다.

한국의 십자가들은 달랐다. 그 십자가들은 큰 건물의 꼭대기를 장식하지 않았다. 대신 깔끔하지 않고 지저분한 그리고 값싸고 허름한 건물 지붕 위에 있었다. 그 교회들 건너편에는 다른 교회들이 있었다. 서울의 어딜 가도 피할 수 없는 교회 건물들은 신성한 곳 같지 않았다. 낮은 시멘트 건물의 지하에는 노래방이 있다. 1층에는 땡 처리하는 속옷가게와 닭집, 핸드폰 가게가 있다. 2층에는 간판이 없는 회색의 유리창들이 몇 개 보인다. 그 위로는 독서실과 PC방이 있다. 영혼과는 무관한 가게들로 차 있는 건물, 신에 대한 최소한의 존경심도, 배려도 없어 보이는 그곳의 옥상에 뾰족하고 가는 십자가 탑이 놓여 있다. 적어도 뚜껑은 교회가 분명하다.

어떤 십자가들은 10미터, 또 어떤 것들은 그보다 더 높다. 철제 뾰족 삼각탑은 선명한 네온램프 빛을 내며 밤하늘을 수놓는다. 십자가들만으로도 인간이 모두 언젠가는 죽는다는 사실을 확인하기에 충분하다. 서울에서 눈길과 발길이 닿는 곳은 어디든지 기독교 묘지와 같다. 지옥도 천국도 아닌. 다닥다닥 붙어 있는 교회들은 부산의 유엔 묘지를 연상시켰다. 물론 터키 무덤이 아니라 유럽인들과 미국인들의 묘지 말이다. 종교는 왜 죽음과 죄만을 일깨우는 것일까? 명동에서 그 정확한 답을 찾을 수 있었다.

이 소비와 유흥의 공간 한복판에서 선교사들은 붉은 십자가를 메고 다닌다. "예수 천국, 불신 지옥." 그들은 확성기를 갖고 다닌다. 명동 가게들에서 흘러나오는 유행가들에 뒤지지 않도록 최대한 데시벨을 높인다. 참으로 '존경스러운' 발상이다. 그들은 사람들을 모두 품에 안고 싶다는 듯 두 팔을 넓게 벌린다. 그들을 천국으로 초대하면서.

모든 말은 녹음이 되어 있다. 마치 명동 거리를 장식하는 공산품들처럼. 순서에 따라 녹음된 전도의 말은 거리의 가짜 명품 브랜드들과 뒤섞여 명동의 대기를 채운다. 무신론자들인 중국 사람들과 신토(神道)주의자들인 일본 관광객으로 가득한 명동. 어쩌면 목표 설정은 제대로 된 것인지도 모르겠다. 만약 선교가 성공적이라면, 중국과 일본의 인구를 모두 합쳐 15억의 신도를 갖게 될 테니까. 그 정도의 신도를 가진 교회를 상상해보라.

"권리금은 얼마나 될까?" 한 친구가 말했다.

"뭐라고?"

"교회마다 값이 있지. 거래 가격이."

나는 이해하지 못했다. "뭘 판단 말이야?"

"소위 개척교회라는 데가 있어. 목사들은 변두리의 작은 건물에서 시작해. 설교를 하고, 사람들을 전도하고, 등록시키고, 차츰 '중독' 시키고. 교회는 신도 수에 따라 권리금이 있어. 신도 수가 많으면 비싸게 팔리지. 자녀들에게 유산으로 남겨주는 경우도 있다고 해. 일종의 가업이 되는 셈이지."

믿기 어려웠지만 얼마 후 실제 광고를 보았다. '교회 사실 분. 2만 가구가 사

는 지역에 위치함.'

시끄럽고 짜증나는 선교사들이 일상이 될 즈음 나는 이스탄불로 돌아갔다. 한국 교회는 서서히 잊혀져 갔다. 그때 텔레비전 뉴스는 충격적인 소식을 전했다. 한국 선교사들이 아프가니스탄에서 탈레반들에게 납치됐다고. 뭐라고? 아프가니스탄에 한국 선교사들이라고?

상상해보라. 미키 마우스와 도널드 덕 같은 월트 디즈니의 캐릭터들, 플레이보이와 스트립 걸들로 이루어진 한 팀이 중국을 통해 평양으로 몰래 잠입해 들어간다. 그들이 미국 성조기를 흔들면서 자본주의 성과를 자랑스럽게 외칠 때 북한 비밀경찰은 그들을 가차 없이 체포한다. 부시 대통령은 매일같이 텔레비전에 등장해 선언한다. "북한은 세계 평화를 위협하는 악의 축이다." 김정일은 아무 반응이 없다. 나머지 세계는 걱정하면서 이 상황을 조용히 지켜본다.

과장된 상상이긴 하지만 실제는 이만큼이나 초현실적이고 그로테스크하다. 일주일 넘게 협상이 있은 후, 23명 중 2명이 총살을 당했다. 한국 측은 나머지 인질들을 구하기 위해서 탈레반과 어렵게 협상을 시도했다. 한국 측이 수백만 달러를 지불했다는 소문이 있다. 포로들이 풀려난 날 한 사람이 텔레비전에 나왔다. 그는 이상한 미소를 지었다. 그는 죽은 사람들을 개의치 않는 것 같았다. 그는 이번 사태에 대해 미안하다는 말도 하지 않았다. 그는 명동의 선교사처럼 두 팔을 벌리고 말했다. "우리는 세계인들을 품에 안아야 합니다. 이것은 신이 우리에게 내리신 임무입니다. 우리는 다시 아프가니스탄을 가야 합니다. 그 어느 곳도 막혀 있지 않습니다. 이것은 우리의 의무입니다."

20여 년 전 나는 아프가니스탄을 여행한 적이 있다. 파키스탄 북부를 찾아가

기도 했다. 전쟁과 혼란으로 뒤범벅된 상황을 사진에 담았다. 모든 아프가니스탄 사람들은 전쟁 중이었다. 소련의 붉은 군대로부터 나라를 지키기 위해서. '알라의 이름으로.' 그것은 성전, 지하드였다. 수천 명의 전쟁 자원자들이 모여들었다. 중동과 이집트, 터키, 알제리에서. 아프간인들은 두려움을 모르는 전사들이었고, 전설적으로 싸웠다. 19세기 대영제국은 아프가니스탄을 포기했다. 21세기 미국은 이곳에 폭탄 세례를 퍼부었다. 하지만 불과 지난주에도 수천 명의 탈레반이 감옥을 부수고 도망쳤다.

오늘날 멍청하다시피 순진한 한국의 젊은이들은 자원봉사를 명목으로 아프가니스탄에 들어간다. 위험한 무장세력을, 한 치의 타협도 모르는 무슬림을 기독교인으로 개종시키기 위해서. 그것도 내전이 계속되어 최소한 하루에도 스무 명 이상이 목숨을 잃는 곳에서.

나는 기분 전환이나 하고 싶어서 유튜브 사이트를 열었다. 한국 선교사들에 대한 날카롭고 신랄한 비판들이 사이트에 가득했다. 이것은 아마존에 가서 인디오를 개종시키거나 아프리카 대륙 깊은 곳에서 아프리카인들이 찬송가를 부르게 하는 것과는 차원이 다르다. 아니, 인류학자들은 18세기의 '평화로운' 선교조차도 신랄하게 비판한다. 『타임』이나 『뉴스위크』 등에도 많은 글들이 실렸다. 한국인들의 행위는 모욕적이라는. 1400여 년 이상 무슬림이었던 사람들을 기독교로 개종시키려는 행위는. 멋진 이슬람 건축과 오랜 전통이 있는 사람들 그리고 알라 외에 아무것도 없다는 것을 증명하기 위해서 목숨을 던지는 사람들을 개종시키려는 행위는.

하지만 이야기는 속편을 준비 중이다. 아프가니스탄으로 선교사를 보냈던 교회가 부처가 탄생한 힌두 왕국 네팔로 선교사를 파견할 것이라는 뉴스가 얼마 전 전해졌다. 다행스럽게도 네팔 사람들은 무척 평화롭기 때문에 한국 정부는 선교사들의 몸값에 대해 걱정하지 않아도 좋을 것 같다.

서울의 향기

내 사진 아카이브에 담겨 있는 나라는 40여 개국 정도다. 그중 어떤 나라는 이미지보다 향기로 기억날 때가 있다. 인도가 바로 향기로 남아 있는 나라 중 하나다. 카레, 커민, 신선한 생강, 계피 등 갖가지 향료와 매콤한 고추를 넣어 끓인 렌틸 수프와 밥 냄새 그리고 인도의 어느 구석에서도 맡을 수 있었던 밀크티의 향, 안개 긴 겨울 아침 버니언 나무(벤자민고무나무)와 사원에 놓인 화환, 향불……

외국인들은 터키에서 양고기 냄새가 난다고 한다. 하지만 우리는 익숙해져서 그 냄새가 잘 들어오지 않는다. "외국에서 냄새를 맡지 못하면, 그 나라에서 오랫동안 살았다는 증거야."라고 한 친구는 말했다. 한국에서 터키로 돌아갔을 때 처음 맡은 냄새는 바다에서 풍겨왔다. 보스포루스 해협을 통해 끊임없이 부는 바람은 짭짜름한 해초 냄새와 튀긴 생선 냄새를 이스탄불의 구석구석으로 날랐다.

서울의 향기는?

번화가는 그다지 냄새를 풍기지 않았다. 대신 뒷골목은 갖가지 냄새로 가득 차 있었다. 종로의 피맛골에서는 김치의 주재료인 새우젓과 고추 냄새가 났다.

조금 더 킁킁거리면 신선한 생강과 마늘 냄새가 난다. 삼계탕집 앞의 냄새는 언제나 먹음직스럽다. 이것은 정오의 냄새다.

오후에는 철판 위에 놓인 돼지 삼겹살에서 지글거리는 소리와 함께 고소한 냄새가 풍긴다. 나는 멀리서도 가스판에 구운 고기인지, 연탄 구이인지, 아니면 숯불인지를 구분할 수 있다. 나는 그중에서 숯불을 가장 선호한다. 조금 더 시간이 지나면 소주와 막걸리 냄새가 이 거리를 점령한다. 만약 막걸리 냄새가 나는 곳이라면, 근처에 먹음직스런 부침개 가게가 있는지 둘러본다. 부침개는 어머니가 만든 음식을 생각나게 한다.

하루에 최소한 한 번씩은 보게 되는 한강, 그곳에서는 별다른 냄새가 나지 않는다. 혹시 있을지라도 내 코에까지는 도달하지 않는다. 큰 빌딩들이 바람을 막기 때문이다. 서울은 나무가 많다. 가로수들, 쓰러지지 않도록 대나무와 철 받침대로 묶인 소나무들이 빌딩 숲 사이에 녹음을 드리운다. 터키 남부에도 소나무가 많아 어딜 가도 송진 냄새를 맡을 수 있다. 하지만 서울에서는 소나무 냄새를 맡기가 어렵다. 수백만 불이 넘는 건물들의 외관이 떨어진 솔잎으로 구겨지지 않도록 청소부들이 열심히 일을 하기 때문이다.

한 나무가 도시를, 나아가서는 나라를 상징하기도 한다. 거대한 몸집을 자랑하는, 큰 손 모양의 참나무는 오토만 제국을 상징했다. 붉게 물든 참나무 잎과 낙엽들은 시인들의 손을 바쁘게 만들었다. 보스포루스에는 비잔틴 제국을 상징하는 나무가 있다. 4월이면 2주 동안 보라색 꽃이 핀다.

서울에서는 소나무 외에도 단풍나무, 아카시아, 감나무들이 눈에 들어왔다. 하지만 이 잎들도 냄새를 풍길 시간이 없다. 서울시는 도시 미관을 정리하는

데 열심이다. 인사동에서는 가끔씩 떡을 치는 이벤트가 있다. 그때는 향기로운 쑥 향기가 난다. 건너편에서 풍기는 불쾌한 번데기 냄새를 충분히 상쇄하고도 남는다. 삶은 옥수수 냄새는 익숙하다. 구운 밤 냄새는 터키 밤과 조금 다르다. 물론 맛도 같지 않다. 고추장에 푹 담긴 떡볶이 냄새는 거리 곳곳에서 풍긴다. 오뎅과 오뎅 국물은 나한테는 물에 빠진 사람에게 던져주는 구명조끼만큼 소중하다.

한국인들에게서는 별로 냄새가 나지 않는다. 가장 혼잡한 출퇴근 시간, 사람들은 지치고 도시는 뜨겁고 습기에 차 있지만 냄새는 별로 없다. 하지만 그 순간 비슷한 숫자의 인도인들이 그곳에 있다고 해보자. 아마 당신은 코를 심하게 쥐어뜯은 결과 수술을 해야 할지도 모른다. 그렇더라도 크게 걱정은 마시라. 한국에는 코 수술 하는 곳이 많으니까. 다만 완전히 새로운 모양의 코를 이식할 수 있는지 여부는 불분명하지만.

한국 아가씨들한테서는 '흠~' 아주 예쁜 냄새가 난다. 혼잡스런 지하철 안, 1미터에서 1.5미터쯤 떨어진 곳에서도 나는 냄새를 느낄 수 있다. 유명 향수와 도자기처럼 하얀 피부에서 나는 옅은 화장품 냄새를. 이 향기는 한국에서 살고 싶은 또 하나의 이유를 제공한다.

한국 담배는 가늘어서 몸체가 있는지 없는지조차 분간이 되지 않는다. 냄새 역시 무척 약하다. 나는 작년 독한 타바코를 터키에서 가져와 피우곤 했다. 그 담배가 다 떨어졌을 때 나는 무척 고생을 했다. 한국 담배가 약했기 때문이다. 심지어는 담배 연기가 자욱한 카페에서조차도 니코틴과 타르 냄새가 나지 않는다.

터키 담배는 일반적인 유럽 담배보다 두세 배 더 독하다. 터키 카페에 앉아 몇 잔의 차를 들이키고 신문을 읽다가 집으로 돌아가면, 비흡연가인 당신의 아내는 이혼을 청구할지도 모른다. 어쨌든 나는 담배를 끊었다. (아리프의 한국인 친구 이혜승에 따르면, 아리프는 담배를 끊었다는 문명적인 선언을 한 지 두 달이 넘었지만 틈이 날 때마다 담배를 피운다고 한다.—편집자)

아직 한국에서는 교회를 가본 적이 없다. 하지만 아름다운 꽃과 향내는 한국 절의 냄새로 기억한다. 티베트 절에서는 참을 수 없는 냄새가 났다. 셀 수 없이 많은 램프가 야크 버터로 불타고 있었기 때문이다.

저녁때 집으로 돌아올 때쯤, 신림역 4번 출구 계단에는 한 아저씨가 앉아 계

신다. 그는 산에서 캐온 뿌리 같은 것을 판다. 아저씨는 뿌리의 껍질을 깐다. 그 냄새는 나를 어린 시절로 데려간다. 아버지는 마당에 작은 당근을 심었다. 아버지는 당근 껍질을 벗겨 얇게 잘라서 주시곤 했다. 냄새의 기억은 소리보다 강하다. 어머니의 목소리는 머릿속에 남아 있지 않지만 그 향기는 선명하게 기억이 난다. 내 할아버지에게서는 땀과 흙이 뒤범벅이 된 냄새가 풍겼다.

요즈음 서울에는 특별한 냄새가 풍긴다. 수천, 수만, 수십만 개의 촛불이 매일 밤 타오른다. 이 거대한 도시의 구석구석은 그 촛불 냄새로 가득하다. 만약 내가 향기를 구분하거나 향기에 학명을 짓는 학자라면, 나는 이 파라핀 냄새를 라틴어로 'Il scentum politicus' (정치적 향기)라고 짓겠다.

한국에서 내가 가장 좋아하는 냄새의 주인공은 뽕나무 열매로 만든 주스다. 혜승의 아버지는 야생화나 나물, 약초 등을 캐는 전문가다. 그는《한국의 약초와 야생화》라는 책도 몇 권 가지고 있다. 그는 열매와 술 등의 비율을 연금술사처럼 정확하게 재서 주스와 술을 만든다. 이 냄새는 나를 어린 시절로 이끈다. 작고 향기가 강한 능금으로 가득 차 있었던 그 시간으로, 신선한 야생의 냄새가 살아 있었던 카파도키아, 할아버지의 과수원으로.

러브모텔

2007년 한국에서 처음 머물렀던 호텔은 강남에 있었다. 친구는 미리 예약을 했고 그 비용도 지불했다. 상당히 비쌌다. 그곳은 깔끔했는데 거리로 향하는 창문이 없었다. 대신 베란다가 있었지만 불투명한 유리로 막혀 있어서 길거리도, 지나가는 사람들도 볼 수 없었다. 하늘이 보여서 그나마 다행이었다.

두번째 호텔은 영등포구청에 있었고 강남보다는 약간 저렴했다. 창문이 있긴 했는데 작았고 상당히 높은 곳에 있었다. 거리 사진을 찍으려면 발끝을 세우고 목을 쭉 빼서 창밖으로 카메라를 내밀어야 했다.

세번째 호텔은 인사동 쪽에 위치했다. 가장 쌌다. 전시회가 열렸던 갤러리에

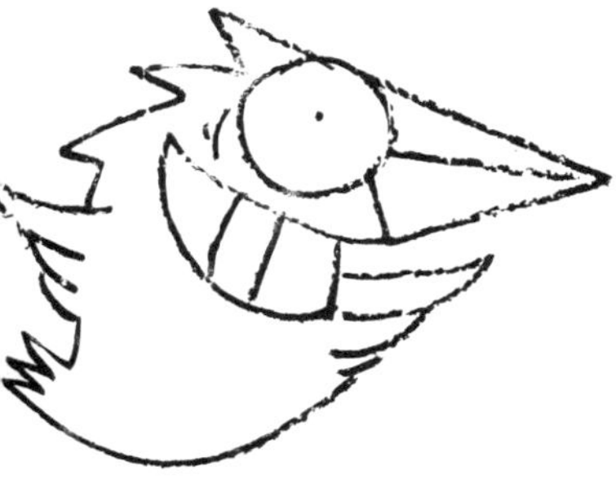

서 가까웠다. 그러나 침대 하나가 간신히 들어가는 크기의 방은 내게 관이나 다름없었던 악몽이었다. 잠이 깨면 나는 바로 호텔 방을 나섰다. 그리고 그저 잠들기 위해서 매일 밤늦게까지 술을 마시고 잔뜩 취해 돌아왔다.

지금 나는 평범한 한국 가정집에 산다. 지중해권 지역 출신인 까닭에 나는 한국 사람들의 일상이 낯설게 보였다. 창문에서 창문으로 손을 흔드는 습관이나 아줌마들끼리 창밖으로 몸을 반쯤 내밀고는 수다를 떠는 광경도 찾아보기 어렵다. 집에서 옷을 벗고 있어도 바깥에서는 전혀 보이지 않을 만큼 잘 닫혀 있다. 나는 한국 사람들의 비밀을 지키는 전통에 대해 의문이 생겼다. 일제 강점기, 아마도 집 안에서 일어나는 일을 바깥에 내보이려고 하지 않았던 데서 생겨난 전통일까. 닫혀 있는 한국의 집에서 살았던 몇 개월 동안 내게는 폐쇄공포증의 징후가 강하게 드러난다는 사실을 알게 됐다.

나는 건축에 관심이 많다. 처음 한국을 찾아왔을 때부터 건물들은 주요 관심사였다. 시내 건물들의 주재료는 화강암이었다. 디자인에 대해서는 높은 평가를 내리지 않지만, 건축 기술이나 부속 재료들은 훌륭하다. 아침에 거리를 나서면 나는 고개를 높이 들어 건축물들을 쳐다보고 다닌다. 매일 이렇게 다닌 결과 나는 이상한 건물들을 발견했다. 한국어를 몰라 처음에는 무엇을 하는 곳인지 몰랐다. 몇 층짜리 건물인지 이해가 안 갔다. 왜냐하면 외벽에는 창문이 없었을 뿐 아니라 전체가 콘크리트 혹은 통유리로 되어 있었기 때문이다.

러브모텔이었다. 사람들은 한 시간이나 두 시간 혹은 하룻밤 등의 단위에 따라 돈을 지불했다. 말 그대로 '러브' 하기 위해서였다. 내가 묵고 있는 신림동 뒷골목에는 수많은 러브모텔들이 있었다. 와우, 이렇게나 매춘사업이 발달

했다니.

"아뇨, 한국에서 매춘은 불법입니다. 당신의 남자친구나 여자친구, 아니면 바에서 만난 사람과 함께 갈 수 있는 곳이죠. 아니면 길거리 자동차 유리창 앞에 끼어 있는 '여대생 마사지' 등에 적혀 있는 전화번호로 연락을 하면 그들이 올 겁니다. 하지만 러브모텔에서 매춘을 주선하지는 않아요." 그곳을 함께 갔던 한 친구가 말해주었다.

러브모텔의 입구는 다양한 스타일로 장식되어 있었다. 화려한 바로크 양식부터 모더니즘까지. 고대 그리스 신전을 방불케 하는 기둥들이 건물 외관에 붙어 있는 곳도 많았다. 분홍색이나 빨강색, 파랑색 등 선명한 네온등은 필수요소였다. 각각 떼어놓고 보면 무척 키치스러운 건물의 요소들은 한데 모여서 독특한 '러브모텔 양식'을 만들어냈다. 제목은 저돌적이었다. 비너스 모텔, 에로스 호텔 등등. 러브모텔 양식의 최고봉은 주차장이었다. 입구에는 어두운 색깔의 플라스틱 스파게티들이 걸려 있었다. 검은 에쿠스의 차번호가 보이지 않도록 하기 위해서.

개인의 집처럼, 비밀은 모텔의 주요 콘셉트였다. 돈을 지불하고, 연인과 '할 일'을 끝내고, 담배를 한 대 피운 후, 저물어가는 석양을 바라본다? 아니, 서울 모텔에서 낭만은 불가능하다. 그곳에는 창문이 없기 때문이다. 발코니는 더더욱 말할 거리도 못 된다. 갖가지 조명, 다양한 양식의 건물, 여길 갈까 저길 갈까. 모텔 입구에는 침실 내부를 보여주는 광고사진과 가격표가 붙어 있다. 한 시간, 두 시간, 아니면 하루 종일. 섹스는 본능이 아니라 자본주의적 소비 대상이 된다. 지불하라. 그리고 이곳에서 제공하는 서비스를 최대한 즐겨라. 와이

드스크린과 포르노영화, 깨끗한 타월, 킹사이즈의 둥근 침대(마사지도 되는) 그리고 주차장의 스파게티가 보장하는 비밀스러움을.

왜 이 사회에는 러브모텔과 같은 시스템이 넓게 퍼져 있을까? 자기나 애인의 집에서는 사랑을 할 수 없어서? 그렇다. 집에서는 어머니가 연속극을 본다. 어떻게 애인을 데려와 사랑을 할 수 있겠는가? 혼자 사는 일도 쉽지 않다. 전세·월세 보증금이 비싸서 독립은 엄두도 못 낸다. 그러면 혼자 사는 친구한테 살짝 부탁하면 되지 않을까? 아니, 그런 일로는 다른 집을 방문하지 못한다. 흠, 그래서 젊은 사람들은 러브모텔을 찾을 수밖에 없겠군.

"아니요, 모르긴 해도 유부남들한테 더 인기가 많을 걸요."

정말? 유부남들이 러브모텔의 단골들이라고? 그럴 수도 있겠다. 아이가 태어나면 아내는 어머니가 된다. 그녀에게서는 여자가 아니라 모성애의 향기가 더욱 진하게 풍긴다. 어머니와의 섹스? 불가능하지. 그 다음에는? 남자들은 정

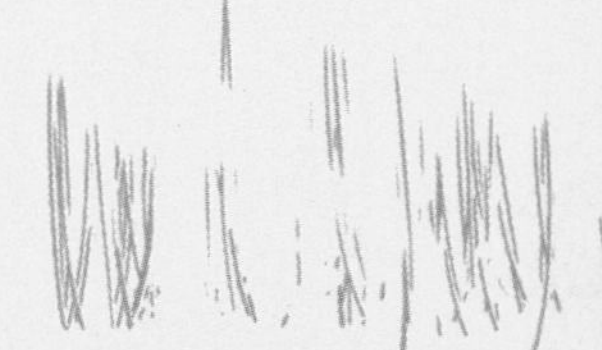

부를 찾고, 러브모텔을 찾고……. 그러면 유부녀는?

"우리, 그 얘기는 하지 맙시다. 숨기고 싶은 부분이니까."

아무튼 통계상 한국은 성관계 횟수에서 일본을 제치고 세계 최하위권을 차지했다. 한국은 '금욕의 영광'을 지킨 것이다. 하지만 한국 거리를 보라. 손에 손을 잡고 다니는 저 잘생긴 선남선녀들을. 나는 도저히 믿을 수가 없다. 그 통계를.

러브모텔들이 즐비한 거리를 순례한 후, 어쩌면 그 통계가 진실을 반영할지도 모르겠다는 생각이 든다. 사랑을 하기까지의 과정이 너무 복잡하다.

한국의 이미지

신은 인간을 창조하고 하나의 언어를 주었다. 인간은 그러나 그들이 받은 것에 감사하지 않고 모든 것을 엉망진창으로 만들었다. 사람들은 지상의 욕망을 좇았고 신에 도전하기를 겁내지 않았다.

이것은 할리우드 영화다. 58년 개띠인 내가 10살 때, 그러니까 40년 전에 봤던 이 영화는 아직도 뚜렷하게 기억이 난다. 바벨탑을 건설한 왕은 하늘을 향해 화살을 쏘았다. (쌍꺼풀이 있고 눈이 큰 것으로 보아 한국인은 분명 아니었다. 게다가 그는 활을 명중시키지도 못했다. 한국 사람들이라면 틀림없이 성공했을 텐데.)

신은 분노했고 벌을 주었다. 그래서 오늘날의 민족이 만들어졌다. 당시 문명의 상징이었던 바벨탑은 무너졌다. 많은 언어가 생겨났다. 사람들은 서로를 이해하지 못했다. 한국에 있는 모든 외국어 '학원'은 이 사건으로 인하여 개업하게 된 것이다.

신의 분노는 이것으로 끝나지 않았다. 그는 인류를 세상 곳곳으로 쫓아냈다. 민족들은 제각각 지구상의 한곳에 자리를 잡기 시작했다. 하지만 어떤 민족들은 거주지가 마음에 들지 않았다. 투르크인들은 한때 이웃이었던 한국인들이 있는 곳으로부터 서쪽으로 이동했다. 그래서 투르크인들은 김치 없이 천년을 살아오게 된 것이다. 어떤 민족은 자기 땅 이외에 다른 곳도 원했다. 일본인들처럼. 신은 그들에게 두 개의 돌을 던졌다. (나가사키와 히로시마에.) 또 어떤 민족들은 형제들끼리 싸우기도 했다. 이 민족에게 내린 벌은 '김일성'이었다. 이 벌로도 모자라서 그의 아들까지 보내기도 했다. 어쨌든 시간이 지난 후 신은 세상을 방문했다.

"행복한가?"

"아뇨, 우리는 모자란 게 많습니다."

"원하는 게 무엇인가?"

"먹을 걸 주시든지, 아니면 살아나갈 능력을 주시든지."

"그래, 알았다, 알았어."

신은 민족들에게 각기 다른 재능을 부여했다. 그는 중국인들에게 비단, 종이, 화약, 나침반을 만들 수 있는 재능을 선사했다. 몽골인들에게는 기마술을 주었다. 끝도 없는 초원과 함께. 독일인들은 기술을, 포르투갈인들은 항해술을 받았다. 그리고 이집트인들에게는 수많은 돌과 함께 돌을 세공할 수 있는 기술을 주었다. 이집트인들은 돌을 잘라 하나씩 둘씩 쌓아 올렸다.

"대체 저게 뭐야? 날씨가 너무 더워 머리가 이상해졌나?"

프랑스인들은 요리의 재능을 받았다. 외교술은 영국인들의 몫이었다. 한국인들에게는 많은 풀과 풀 제조법을 주었다. 한국인들은 연금술과도 같은 이 제조비법을 발전시켜 김치라는 음식을 만들어내게 된다. 터키는 제국과 행정제도를 차지했다. 러시아인들에게는 술을 견딜 수 있는 간을 선사했다. 신이 모든 작업을 끝마치고 사무실로 돌아갈 때, 그는 작은 목소리를 들었다. 유럽의 한가운데 알프스 산의 꼭대기에서.

"누구냐?"

"저희를 잊으셨어요."

"너희들은 이탈리아와 프랑스, 독일에 속하는 민족들이 아니냐? 그들에게는 이미 다 줬는데."

"네, 하지만 저희는 여기서 따로 살고 싶습니다. 조용하고 분위기 좋으니까요. 그래도 뭔가를 주시면 어떨까요?"

"너희들이 사는 곳은 산 정상이니까 일출과 일몰을 정확하게 보겠구나. 시간 재는 기계 같은 것을 만들어보겠느냐? 예를 들면 스위스 시계 같은 것 말이다."

"다른 것도 주시면 안 될까요?"

"러시아인들에게는 보드카 하나만 줬는데, 욕심이 지나치구나."

"시계 말고 먹을 수 있는 걸 주세요."

"너희들에게 목장을 주겠다. 소를 키워라. 하지만 30개월이 넘는 소는 한국에 절대 팔지 마라. 안 그러면 밤낮으로 촛불시위를 할 테니까 말이다."

"걱정 마세요. 그냥 우유와 치즈, 크림만 만들게요."

"그래, 좋은 생각이로구나."

많은 시간이 흐른 후 신은 세상을 다시 방문했다. 중국인들은 거대한 성을 쌓고는 발명한 물건들을 남들에게 전하지 않았다. 러시아인들은 보드카에 취해서 붉은 광장 주변에 모여들어 술을 더 달라고 소리를 질러댔다. 몽골인들은 가장 바람직하지 못한 경우였다. 그들은 기마술을 이용해서 먼 곳으로 달려가 다른 사람들의 집에 불을 질렀다. 그리고 프랑스인들은 맛있는 치즈를 만들었

지만 다른 사람들과 나누지 않기 위해서 치즈에서 고린내가 나도록 했다. 신은 실망했다. 가망이 없군. 욕심으로 가득 찬 인간들아. 신은 집으로 돌아가려고 했다. 그때 작은 스위스가 생각났다.

"너희들은 뭘 했느냐?"

"저희는 좋은 시계를 만들었고 치즈와 버터, 크림을 생산했습니다. 그리고 미국에서 카카오를 수입하여 밀크 초콜릿을 만들었습니다."

"잘했구나. 너희들이야말로 나의 유일한 희망이다. 욕심 없는 인간들아. 한 접시만 다오. 음…… 쩝쩝…… 정말 맛있구나. 그런데 이 종이는 뭐냐?"

"계산서요. 현금으로 하실래요, 아니면 카드가 편하세요? 할부도 되는데……. 참고로 말씀드리자면, 저희는 초콜릿 말고도 '은행'이라 불리는 제도를 만들었습니다."

나는 이 농담을 쓸 의도가 없었다. 하지만 『코리아 타임즈』에 실린 '삼성이 한국의 이미지를 만든다'라는 기사는 혜승과 나 사이에 논쟁을 촉발했고, 이것은 일주일 내내 계속되었다. 그래서 나는 한국의 이미지라는 아주 민감한 주제로 이 마지막 텍스트를 써야 했다.

우리는 계획했던 대로 대전으로 갔다. 폴란드인이며 러시아어과 교수이고 혜승의 친구인 라파엘을 만나기 위해서였다. 그는 한국어를 무척 잘하고 한국에는 25년간 살고 있다. 그는 한국을 무작정 좋아해 한국이 자신의 나라라고 말할 정도였다. 그는 두 시간 동안 차를 몰고 가서 흥미로운 곳을 보여주었다. 혜승과 라파엘은 러시아어과에서 알게 된 20년 지기다. 그래서 그들은 가는 길에 줄곧 러시아어로 대화했다. 그때 반쯤 접힌 신문에서 '삼성이 한국의 이미지를 만든다' 라는 제목이 눈에 들어왔다. 나는 그들과의 대화에 참여할 수 없었기에 신문을 집어 들고 읽었다. 이것은 외국인들에게 '한국의 이미지는 무엇인가' 라는 질문을 한 결과를 토대로 만든 분석 기사였다. 그들의 대답은 놀랍게도 한결같았다. '삼성.'

나는 왠지 모르게 화가 치밀어 신문을 더 이상 읽지 않고 던져버렸다.

우리의 첫번째 목적지는 운보 김기창 화백의 갤러리였다. 김기창은 전통적인 수묵화가였다. 그는 판화도 만들었다. 그의 집은 갤러리가 되었는데, 주변에는 아름다운 정원이 있었다. 갤러리에서 혜승이 큐레이터와 이야기를 나누는 동안 나는 화가의 화집 한 권을 보았다. 그것은 한국 스타일로 그린 '예수의 생애' 라는 흥미로운 책이었다.

그의 작품은 귀스타프 도레의 삽화 같은 느낌을 주었다. 예수가 살았던 시기가 조선시대로 옮겨졌다. 기와집, 소나무, 한복을 입은 사람들이 주인공이었다. 유대인 상류층은 갓을 쓴 양반들로 묘사되었다. 도포를 입은 사람들이 예수를 '로마' 총독 앞으로 데려갔다. 이 그림에서 예루살렘의 시장인 플라투스와 장군들은 호전적인 일본 사무라이를 연상시켰다. 화가는 예수의 생애를 대단히 섬세한 터치로 보여주었다.

사실 예술사에서 이것은 처음 있는 일은 아니다. 알브레히트 뒤러는 마리아와 이브를 파란 눈에 금발을 한 여자들로 묘사했다. 에티오피아 그림에서 예수와 마리아는 흑인으로 그려졌다. 김기창의 그림은 어쨌든 흥미로운 조합이라고 생각했다. 내 머릿속에는 많은 의문이 생겼다.

우리는 갤러리 밖의 정원을 거닐었다. 나는 분재 사진을 찍었다. 분재들은 내가 기존에 알고 있는 것들과 달리 상당히 컸다. 1미터도 넘는 크기였다. 어떤 분재는 700년 이상 된 것도 있었다. 꽤 가격이 나가 보였다. 나는 혜승에게 물어보았다.

"분재는 좀 작아야 하는 것 아닌가?"

"그것은 일본 분재가 그렇지."

"이 정원을 '젠' 스타일의 정원이라고 불러도 되나?"

"젠이 아니라 '선(禪)' 정원이라고 해야지. 일본인들은 '젠' 이라고 부르지만 사실 '선'은 한국에서 먼저 생긴 거야."

외국인으로서 이렇게 섬세한 사안들을 구분하는 일은 어렵다. 첫눈에 보기에는 모든 것들이 같아 보인다.

"건축, 분재, 정원부터 사소한 것들까지 중국과 한국, 일본은 모두 달라."

"그렇다면 왜 분재나 '선'의 개념도 일본 것으로 알려져 있지?"

"홍보가 잘됐기 때문이지."

"오늘날 한국은 핸드폰으로만 알려져 있어."

"어떻게?"

"방금 읽은 기사에 그렇게 실려 있더라."

"말도 안 되는 소리. 한국의 역사와 문화는 중국이나 일본과 마찬가지로 오래되었고 풍부해. 다만 우리가 그런 이미지를 확실하게 홍보하지 않았다는 게 문제야."

오늘날 한 국가의 이미지는 상업광고처럼 지속적인 홍보작업이 필요하다.

틀린 말은 아니다. 하지만 그 다음 행선지였던 속리산 법주사를 갔을 때 국가의 이미지는 그런 캠페인이 아니라 수천 년의 역사를 통해 만들어진다는 사실을 새삼 확인했다.

우리는 한국의 이미지에 대한 대화를 마쳤다. 다음날부터 일주일 동안 불타는 논쟁이 이어질 것이라는 사실을 모른 채.

절에서 마음은 평화로워졌다. 법주사는 다른 절들과 달랐다. 신성하고 인상적이었다. 거기에는 무언가 다른 게 있었다. 하지만 그것은 무엇일까? 이 거대한 금불상, 그 머리 모양, 반쯤 감긴 눈, 희미한 미소, 옷의 주름은 헬레니즘 시대의 비너스 상 같다. 그래, 알았다. 간다라야. 인류사상 동과 서의 가장 특별한 혼합 양식. 하지만 경내 건물과 불상, 나무의 위치는 사각형으로, 창문 디자인처럼 한국 철학을 반영하는 듯했다. 심지어 이 구석진 곳에 위치한 절조차도 인류의 문화는 수천 년 동안 뒤섞인다는 사실을 증명한다. 대웅전 앞의 원숭이상도 그랬다. 혜승은 한국 절에서 원숭이 상을 본 적이 처음이라고 했다. 원숭이의 이미지는 부처와 관계가 있다. 당연하다. 부처는 네팔, 원숭이가 많은 곳에서 태어났으니까.

사상의 여행이란 놀라운 것이다. 세계의 어느 구석도 다른 문화의 영향을 받지 않은 곳은 없다. 한 문화를, 한 문명을, 한 국가의 이미지를 정의하기란 쉬운 일이 아니다. 이것은 무척 복잡한 일이다. 아니 그것은 불가능하다. 러시아인을 보드카에 취한 민족으로만 묘사할 수 있을까? 그들의 문학은 위대하다. 몽골 초원의 전사와 비잔틴 정교 사제가 뒤섞인 러시아의 모습을 상상해보라. 그렇다면 한국을 어떻게 단 하나의 전자제품 회사로 묘사할 수 있을까?

다음날 아침을 먹는데 어제 품었던 질문들이 하나둘씩 다시 고개를 들었다. 나는 대화를 어떻게 시작해야 할지 몰랐다.

"휴대폰이 한국의 대표적인 이미지가 될 수 있다고 생각하니? 수긍할 만해?"

상에 놓인 떡을 먹으면서 물어보았다. 그리고 혜승의 아버지가 산에서 따온 뽕으로 만든 주스를 마셨다. 상에는 대여섯 가지의 김치와 나물이 있었는데, 모두 집에서 만든 반찬들이었다. (상추 김치는 집 옥상에서 재배한 상추로 만들었고, 나물은 산에서 캐온 것들이었다.)

나는 어제 기사가 다시 생각났고, 공연히 신경질이 나서 턱수염을 박박 긁으며 말했다.

"이건 진짜 정당하지 못해. 이렇게 맛있고 건강한 음식을 만드는 한국인들이 전자제품으로만 묘사되다니."

"맞는 말이야. 나한테《한국의 100대 상징》이라는 책이 있어." 혜승은 서재에서 삽화가 있는 두꺼운 책 한 권을 꺼내왔다. 책장을 넘길 때마다『코리아 타임즈』가 지른 불길은 점점 더 넓은 영역으로 번져가기 시작했다. 혜승은 말했다.

"나도 한 브랜드가 국가를 대표할 수는 없다고 생각해. 하지만 어쨌든 세상은 달라졌어. 기계문명이 우리 시대의 얼굴이고, 그래서 소니가 일본을 상징할 수 있다면, 하이테크 주자인 삼성이 한국을 상징하지 않을 이유가 없지."

"물론 메르세데스는 독일을 상징해. 하지만 그것은 다른 경우야. 독일은 100여 년 전 차를 발명한 나라니까. 이것은 독일의 기술력을 상징하지. 하지만 내 생각에 하이테크는 한국을 상징하지 않아. 한국은 다른 여러 특징을 가지고 있으니까. 삼성은 '젊은' 브랜드의 하나고, 그래서 위험하지. 예를 들어 롤스로이스에 대해서는 어떻게 생각해?"

"영국이 만든 훌륭한 자동차."

"하지만 영국의 상징은 롤스로이스가 아니지. 그들의 상징은 대영제국과 외교가 아닐까. 게다가 롤스로이스는 더 이상 영국제가 아니야. BMW가 인수해버렸으니까. 비슷한 경우가 일어날 수 있어. 내일 아침 신문에서 한 아라비아의 국왕이 삼성을 사버렸다는 기사가 날지도 모르니까."

"하지만 시계는 스위스를 상징하잖아. 예를 들면 롤렉스 같은 거."

"사실이야. 그렇지만 스위스인들은 이미 400여 년 전부터 시계 제조로 이름이 높아. 게다가 수천 개의 시계 브랜드들이 있고. 이것은 한 가족기업의 브랜드하고는 성격이 달라."

"할리우드처럼 말이지? 집단 이미지로서 할리우드는 미국의 상징이야. 그들은 세상에 꿈을 팔잖아."

"같은 얘기야. 소니가 할리우드 제작사 가운데 하나를 사들였지만 그렇다고 할리우드가 일본산이 됐다는 말은 아니지. 할리우드는 수백의 제작사와 수천의 시나리오 작가와 수만의 배우와 수백만 개의 영화 세트로 만들어져. 그들은 그 모든 것을 한 솥에 넣고 한 가지 수프를 만들어. 그 음식의 이름이 바로 아메리칸 드림이지. 소니가 제작사를 샀다고 해도, 아무도 그 꿈을 꾸려들지는 않아. 하지만 상상해봐. 미국이 내일 이란을 침공하고 석유 값이 하룻밤 사이에 두 배로 뛰어오른다면, 삼성은 도산할 수도 있어. 한국의 이미지가 도산한다는 것을 상상할 수 있어?"

"그럼 터키의 이미지는 뭔가?"

"역사, 터키 과자, 친절함."

"친절함이라고? 한 나라의 이미지로서는 훌륭하군."

"물론 부지런함이 한국의 이미지가 될 수도 있지."

"확실히 한국 사람들은 일본 사람들보다 일을 더 많이 해."

그 사이 나는 《한국의 상징》이라는 책을 한 장씩 넘기다가 무궁화라는 꽃 그림을 보았다.

"이 꽃이 한국의 상징이야? 아무 데서도 본 적이 없는데. 꽃이 한 나라의 상징이 될 수 있나?"

"물론. 튤립은 네덜란드의 상징이니까."

"사실 튤립은 터키에서 넘어간 거야. 지금은 네덜란드에서 수천만 송이의 튤립이 자라고 터키에서는 더 이상 그렇지 않지만. 블루 모스크 타일을 가득 채우고 있는 튤립의 이미지를 제외한다면."

"아, 터키에서 본 그림 하나가 생각났어. 술탄이 꽃향기를 맡는 그림이었는데……."

"어, 메메드 2세야. 하지만 그것은 튤립이 아닌 장미야."

"동물도 한 나라를 상징할 수 있어. 그렇지 않아? 예를 들어 호주의 캥거루 같은 것."

"중국은 판다의 나라."

"한국은 호랑이."

"무슨 소리? 한국은 호랑이가 살기에는 너무 추운데. 여기 정말 호랑이가 살아?"

"옛날에는 살았대. 그리고 동화나 전설에도 자주 등장해."

"맞아, 예전에 곰과 호랑이, 마늘에 관한 신화가 있다고 했지? 한국의 상징을 마늘이라고 하면 어떨까?"

우리는 웃었다.

"마늘이 아니고 마늘 냄새는 어떨까? 그러면 관광엽서는 어떻게 만들지?"

"안 될 이유도 없지. 향기를 소재로 다룬 책도 있고 영화도 있으니까."

"하지만 그건 마늘이 아니라 향수잖아."

"다른 것들보다 한국의 상징으로는 김치가 최고가 아닐까."

"아, 생각났다. 나무 아래서 늘어지게 잠자는 농부의 이미지는 어떨까. 주변에는 빈 막걸리 병이 굴러다니고. 행복해 보이던데. 한국의 상징으로 채택하자고 제안해보자."

"일 열심히 하는 하이테크 전문가들은 아마 반대할 걸."

"바로 그거야. 그 사람들을 화나게 만드는 거야. 그건 그렇고. 난 10년 동안 전화기를 바꾸지 않았어. 노키아인데, 철제 다리미처럼 무거워. 전화기가 아니라 무기 같아. 에릭손으로 바꿀까? 어느 나라 산이더라? 핀란드든가?"

"스웨덴이지. 아닌가? 스칸디나비아 쪽 나라 브랜드인 것 같은데……."

"그것 봐, 전화기는 스칸디나비아를 상징하지 않잖아."

"그럼 뭐가 상징인데?"

"내 생각에는 사회보장인 것 같아."

"와우, 사회보장이 한 나라의 이미지라니."

"내가 얘기하려는 게 바로 그거야. 나는 한국도 그런 이미지가 필요하다고 생각해. 도구나 대상이 아니라 성격, 개념 같은 거. 한국은, 나한테, 한국인들이야. 먹고 마시는 거 좋아하는 사람들. 인생을 즐기는 사람들."

한 나라의 이미지에 대한 논쟁은 늦은 아침에 시작해서 해가 저물 때까지 이어졌다. 피곤했고 배가 고팠고 목도 말랐다.

"신림 개천가 근처 갈비집이나 가자."

"드디어 기다리던 소주 시간이 왔군."

감사의 글

　며칠 있으면 나는 서울을 떠나 이스탄불로 돌아갈 것이다. 서울에서 머물렀던 7개월을 돌이켜본다. 셀 수 없이 많은 친구들이 머릿속에 떠오른다. 그들의 따뜻한 마음이 없었다면 서울에서 사는 일은 무척 힘들었을 것이다. 나는 친구들과 함께 술집에서 오랜 시간 동안 서로의 잔을 채워주며 주고받았던 그때의 느낌을 잊지 못할 것이다.

　내가 한국에 올 수 있는 계기를 만들어주었고 그리고 나처럼 가시밭길을 걸어가고 있는 지오리포트의 유만찬 사장, 요가를 가르쳐주어 아픈 내 허리를 낫게 해주었던 유만찬의 아내 배재정 씨, 체호프란 별명을 붙여주었던 김재호 실장, 멋진 두 아이의 엄마이자 작년 내 사진을 찍었던 김진경 기자, 처음 인터뷰할 때는 껄끄러웠지만 이후 비단결 같은 마음을 보여주었던 『한겨레신문』의 임종업 기자, 지하 술집에서 기타를 치며 '아침이슬'을 불렀고 나와 함께 운동권 가요를 서로 경쟁하면서 불렀던 장재진 국장, 지금은 베트남으로 가 있으며 끊임없이 따뜻한 마음을 나누어주었던 김용 사장, 2007년 내 이스탄불 사진 전시회를 개최했던 갤러리 '나우'의 이순심 관장, 중동 전문가인 이희수 교수, 훌륭한 번역가이자 서울에서 유일하게 나와 터키어로 대화할 수 있는 친구 이

난아 교수, 서울에 주재하고 있는 터키 외교관 딕뎀 부네르(Digdem Buner), 석 달 동안 그 집에서 머무르도록 허락해주시고 따뜻하게 보살펴주신 이혜승의 부모님과 가족들 그리고 나와 눈높이가 같은 어린 친구들 미르와 가온에게 감사한다.

내게 특별할인이라는 혜택과 공짜 커피 그리고 현상한 필름을 가지고 작업할 수 있는 공간을 제공했던 충무로의 필름 가게와 스튜디오의 여러 분들, 상상할 수 없는 패턴의 옷을 입고 끝없는 웃음으로 내 삶에 활기를 불어넣어 주었던 한국의 모든 아줌마들, 수백 년 전 맛있는 김치를 만들어낸 이름 모를 발명자들, 다양한 길거리 낙서로 서울 거리를 재미있게 만드는 이름 없는 예술가들에게도 감사한다.

이마고 출판사를 소개시켜주신 이상빈 교수, 서울에서 내 사진과 글이 책으로 나올 수 있도록 도와주신 이마고 출판사의 김미숙 사장 그리고 우아한 책을 만들어준 이마고 식구들께도 특별한 감사의 말을 드린다.

나의 서울 가이드이자 이 책을 아름다운 한국어로 옮기는 데 도움을 주었으며, 잊고 있던 도벽을 일깨워 나를 장미 도둑으로 만들었던 이혜승에게 이 책을 바친다. 그녀의 도움이 없었다면 이 책은 빛을 볼 수 없었을 것이다.

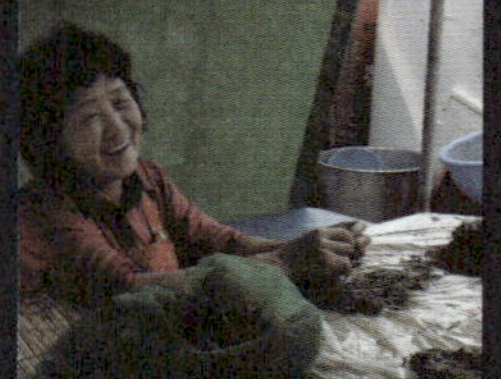

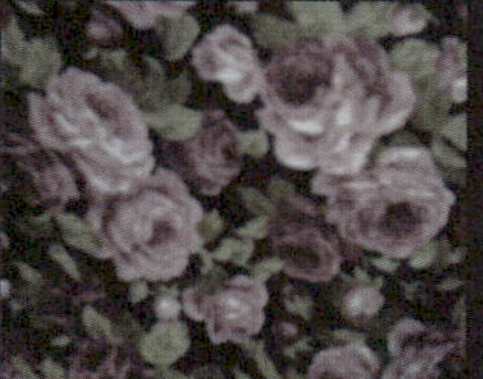

Photo by Arif

"나는 10년 만에 처음으로 서울에서 컬러 사진을 찍기 시작했다. 잿빛 일색인 이스탄불과 달리 서울은 색으로 가득 차 있었기 때문이다. 이스탄불에서 작업할 때 커튼과 그물, 투명한 직물 사진을 즐겨 찍었는데, 서울에서도 비슷한 사진을 여러 장 찍었다. 왜 이런 광경에 눈이 가는지 이유는 잘 모르겠다. 아마도 보이지 않는 것, 투명한 것 뒤에 숨겨져 있는 무엇, 분명히 보이지는 않지만 상상할 수는 있는 뭔가에 대해 말하고 싶었던 것 같다."

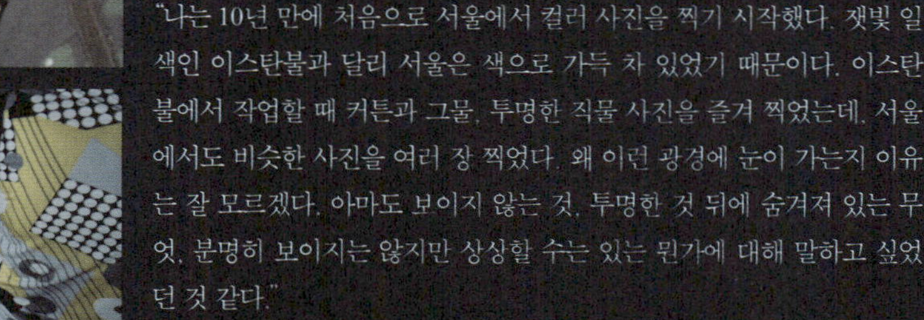

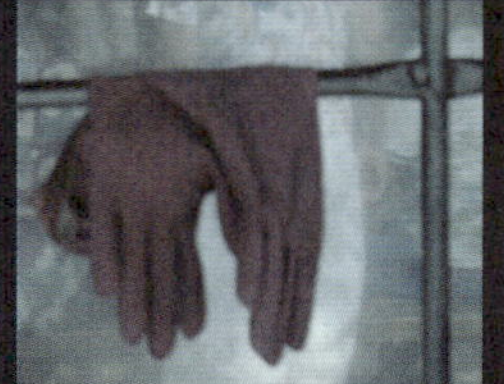

Coffee & Donuts

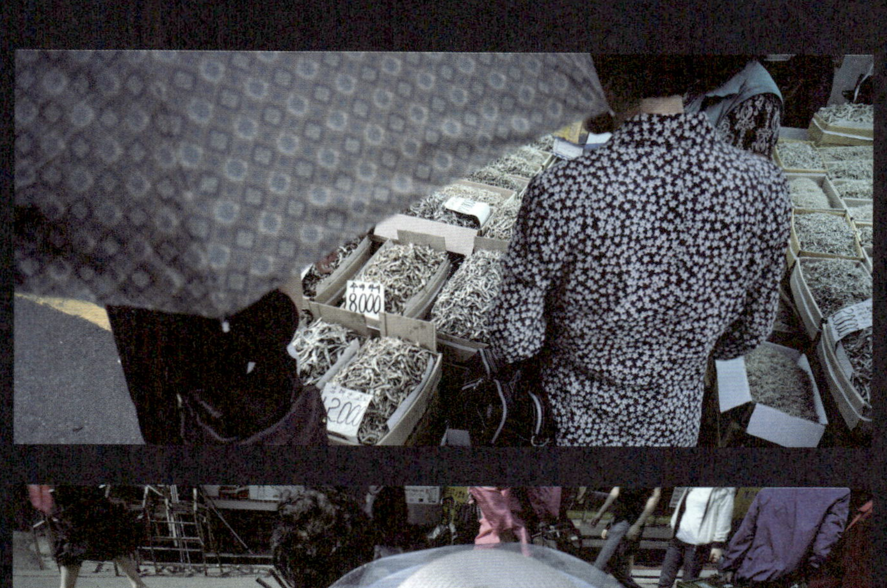

217

KAR

Schwarzkopf

T.732-1645
꽃
한·터 수교 50주년 기념 gallery NoW 기획전
Arif Asci
Istanbul

담배
담배
얼음물

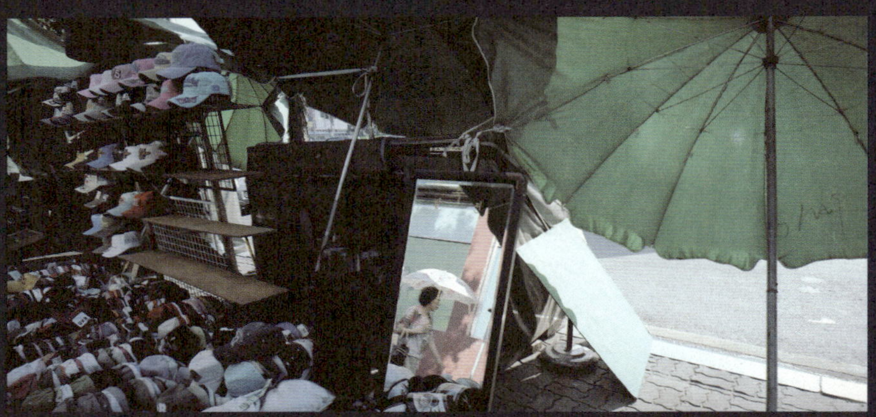

묵은지

염색 5,000
컷트 3,500

8748
927-1879
컷트 3,500
컷 염
트 색
전문점

베이 비네

1kg
1,000원

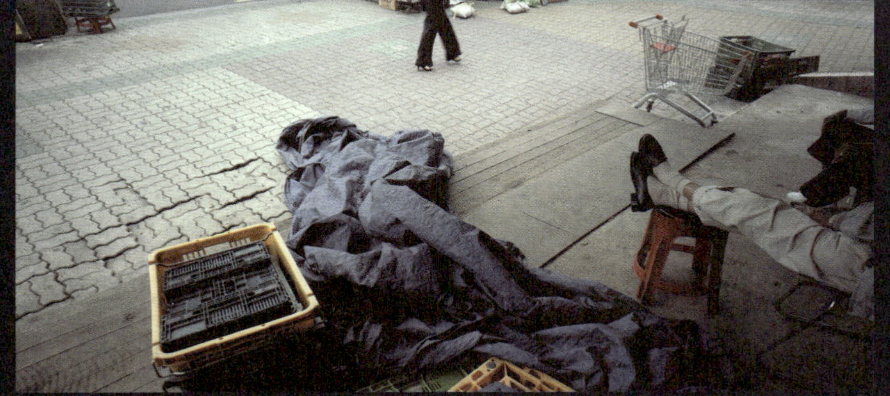

경비구역
COM
88-3112
A P
02 - 22

Graffiti Art in Seoul

* 아리프가 서울 거리에서 발견한 또 하나의 즐거움이자 이 책을 더욱 다채롭게 채
워준 길거리 예술가들의 그래피티 작품 모음.

ЛОР
ОРAG
AЛdA
15.5cm
거미
Suck Stuff
SEOUL PUNK ROCK
얼큰! 매콤!
쫄깃한 면발
요기국수
₩3,500
히로
강아지를 찾습니다
I hate' me
KOREA
Sorry
Unchain
DOG

헤즈오백
흥분돼요
HAPPINEUS
remember back in the